折にふれて

ふとしたことから思わず身構えてしまったことまで

羽鳥 修平

東京図書出版

著者前書き

この本は、もともと私の事務所のホームページ〈hatori-lawoffice.com〉に掲載されたコラムを出発点としてまとめられたものです。この本を手に取られれば、すぐにお気づきのこととは存じますが、この本は、何かメッセージのようなものをお伝えすることを目的として、体系的に書き下されたものではありません。この本は、私がこれまで生きてきた中で考えてきたこと、考えざるを得なかったことを、書き記し、主として時間の順序にしたがって、整理したというだけの、断片の寄せ集めです。標題こそ22個ありますが、その1個1個が自己完結しています。ですから、そのうちのどれかひとつだけでもお読みいただければ、私としては光栄です。

もっとも断片の寄せ集めとは言うものの、そこには、私のこだわりから生ずる傾向性のようなものはあります。この本の中にある断片の全体に通底するこだわりは、「思弁癖」とでもいうのでしょうか、「思いがけず何かに出会うと『それは何なのか』考えずにはいられなくなる」といった私の性癖そのものです。そうした傾向性が、よく言えば個性的に表れているのが、「**4『国語』という教科との付き合い方**」と「**9 法解釈学を身につけようとした経済学部生の戸惑い**」です。「考え」の対象となった事柄を、もう少し具体的に絞り込むとすれば、それは、「言語へのこだわり」と「資本主義経済社会へのこだわり」ということになるのかと思います。「言語へのこだわり」の中心は、「**8 唯名論と実在論**」です。しかしながら、「**22 変化を直視できない要件事実**」的視点も、あるいは13も19も私にとっては、「言語へのこだわり」から生み出されたものです。一方、「資本主義経済社会へのこだわり」の中心は、「**5 GHQの経済政策と制度学派経済学**」ということになるのでしょうか。しかし、「**6『営利事業』の主体**」も7も14も、同じく、私にとっては、視点を変えながら書き記された「資本主義経済社会へのこだわり」そのものとなっています。

折にふれて

ふとしたことから思わず身構えてしまったことまで

―目次―

はじめに

私は１９５３（昭和28）年、文京区の本郷に生まれました。そのまま、近くの公立小学校に入学しました。自分から進んで進学教室に行ったりもしたのですが、何年生になっても、よく泣くくせも治らず、何となく、ぱっとしない毎日を送っていました。

小学校の６年生に進級した時（１９６５年）、サラリーマンだった父の仕事の都合で、愛知県に転居し、愛知県で小学６年生、中学生、高校生の時代を過ごすことになりました。愛知県という、やや閉鎖的なところがある風土に、心から融け込めたというわけではないのですが、そんなことは、少しも気になどなりませんでした。関心があったのは、自分の生活をリセットすることができたという解放感でした。私の毎日の生活は一変し、性格も、活発で、外向的なものになっていきました。

１９７２（昭和47）年に東京大学の文科II類に入学し、１９７６（昭和51）年に東京大学経済学部を卒業し、そのまま、同大学院経済学研究科に進学しました。大学院には、

1980（昭和55）年まで在籍し、博士課程2年で中退しました。

大学院博士課程在籍中の1979（昭和54）年に司法試験に合格しました。1982（昭和57）年に司法修習を終了し、第二東京弁護士会に登録し、弁護士としての生活が始まりました。

私の弁護士としての第一歩は、アンダーソン・毛利・ラビノヴィッツ法律事務所へのアソシエイトとしての入所でした。初めて、社会人として、事務所で弁護士の仕事をさせてもらっていく中で、私は、初歩的ですが重要なことを、たくさん学ばせてもらいました。

この事務所には、4年近く在籍したのですが、結局退所し、1986（昭和61）年1月に古田・羽鳥法律事務所に参加し、1991（平成3）年9月に本当の意味での独立をして、羽鳥法律事務所を開設しました。

当初の仕事の中心は、交通事故が起こった際、保険会社の側に立って、加害者の代理人として被害者と折衝等をするという役回りの示談代行と呼ばれる業務でした。

その後、扱わせていただく事件も多様化していくようになりました。また、上場企業、非上場企業を問わず、たくさんの企業の顧問弁護士としての仕事もさせていただき、今日に至っています。

第1部　中学生の頃と高校生の頃

1 転校がもたらした思わざる解放感

私の小学生時代は、多分、体育や美術などをのぞけば、成績は相当に良かったように記憶していますし、いじめられたり引きこもったりということもあるはずもなく、普通に考えれば、何一つ不自由のない幸せな毎日を過ごすことができたはずだったのですが、私にとっては、そうではありませんでした。その本当の理由は、今でも不明です。とは言うものの、私は、自分の気持ちの上では、ものすごく自己評価の低い児童だったということが、大きかったのではないかと思っています。私は、私が自分のことを低く考えるのと同じように、周りのクラスメートからも、なぜか見下されているような感じから抜け出すことができないでいました。

そんな私に、思わざる転機が訪れました。それは、サラリーマンだった父の転勤のため、小学6年生（1965年）の時に、東京の学校から、愛知県の学校に転校しなければならなくなったという出来事によるものでした。

私が東京にいたとき、私は、周りにいたクラスメートが、皆、一様に、「私が何とはなしに引け目の根拠だと思い込んでいた小さなエピソードの積み重ねのことを知っている。」と信じて疑いませんでした。しかし、愛知県に転校してしまえば、そこにいるクラスメートの中には、そのようなことを知っている人など一人もいません。私は、「これで、自分は、自分に対してネガティブだった周囲の目から解放されたのだ。」と、一人合点で、確信しました。そして、中途で編入した小学校の6年生の時もさることながら、とりわけ、中学校に入学してからというもの、少し大げさですが、精神の自由を満喫して、学生生活を送れるようになりました。

「自分に訪れたこの強烈な変化は、いったい何なのだろう。」そんな疑問を抱きつつも、それ以上考えを進めることもできないまま、快適な毎日を過ごしていたある日、私は、ふと手にした新聞の文化欄の中の大きめな紙面に、寺山修司が永山則夫のことを論じているコラムが掲載されているのを目にしました。そのコラムの中で、寺山修司が永山則夫の何カ所目かで何人目かを殺したという行動にまつわる問題を象徴的に表現するための、「特別あつらえの一対の用語」として使っていたのが、「時間的救済」と対比された「地理的救済」という言葉でした。私は、「時間的救済」のことを「その場にとどまって、地道な努力を重ねていくことによって実現することのできる問題の解決の方策」、「地理的救済」のことを「その場から遠く離れてしまうことで、瞬時に手に入れることのできる問題の回避の方策」と理解しました。こうした理解は、勝手読みにすぎなかったのかもしれませんが、私は、この寺山修司の論稿を見て、「そうか、自分は今、『地理的救済』の恩恵にあずかっているのだ。」と強く感じたのです。「地理的救済」には、単なる逃避の手段という側面もありそうです。そう考えると、あまり褒められたことではないのかもしれません。しかし、当時の私にとっては、そんなことはどうでも良いことでした。当時、私は、「わけはわからないけれど、多分、東京から愛知への移動がきっかけとなって、すっかり居心地に大きな変化が生じた。この今の自分のよって立つ基盤は、いったい何なのだろうか。」という疑問に表現を与えてもらい、客観性を付与してもらったこの「地理的救済」という言葉との出会いに、小躍りしたいほど、うれしくてたまらなかったのです。

今、その新聞は、もちろん手許にはありません。寺山修司が書いたものを、ほんの少し渉猟してみたのですが、当時見たコラムが、見つかるわけもありませんでした。もっとも、永山則夫が永山則夫連続射殺事件を起こしたのは1968年10月~11月で、この時私は15歳ですから、時期は符合しますので、私の記憶がまるで根拠がないということはなさそうです。とはいうものの、永山則夫は2カ月にも満たない間に、東京、京都、北海道、愛知と日本の各地を転々として殺人を繰り返しており、寺山修司は、そうした永山則夫に対して、「地理的救済」という「言葉」を投げかけていたのだ、ということや、寺山修司と永山則夫の間には、書面のやり取りが、このコラムの後も、様々なかたちで続いていたらしいことなどは、分かっています。こうした複雑な関係も踏まえると、かなりの確率で、私のあの瞬間のうれしいひらめきは、的外れなものだったのではないかとも思います。しかしそれでも私は、当時の私の心境の変化をも包み込んでくれるような適切な「言葉」を与えてくれた寺山修司という詩人に、心から感謝しています。

2 書きかえられてしまった読書感想文

中学2年生の頃のことだったと思います。私も含めた学年の全生徒に対して、学校の行事だからということで、読書感想文を書けと指導されたことがありました。

この読書感想文の指導には、「課題図書」の指定はありませんでした。そこで、当時、トルストイの民話に非常な共感を覚えていた私は、「自由図書」として、トルストイの民話のどれかを取り上げようと思いました。あれこれ迷ったところもありましたが、結局、『人にはどれだけの土地がいるか』という民話を、私の「自由図書」とすることにしました。というのも、この、『人にはどれだけの土地がいるか』という民話は、込められた寓意が、世俗的で、分かりやすく、感想文にまとめやすいような気がしたからです。とはいえ、トルストイの民話ですから、その底に込められているのは、欲望に突き動かされた人間がかもし出すペーソスのようなもので、しかもそうした欲望とペーソスの組み合わせこそ、この民話の味わいであり、考えさせられるポイントのように思われました。「こうした作家の意図と正面から向きあうためには、読者としての自分も、それなりに考えをめぐらし、それなりに考えをまとめなければいけないのではないか。」そうした意気込みを込めて、私は、中学生のレベルという限界の中ではありましたが、一種の思索を重ね、その結果をそれなりに盛り込んで、『人にはどれだけの土地がいるか』という民話の読書感想文を書き上げました。

私の読書感想文は、優秀な作品だという評価をうけたらしく、『みかわの子』という小冊誌に掲載されることになったと知らされました。この『みかわの子』というのは、中学校のあった愛知県岡崎市の周辺が「西三河」と呼ばれていたことからつけられた冊子名らしく、西三河の周辺の中学校の生徒の優秀な読書感想文をまとめて一冊にしたもので、毎年編纂されているもののようでした。

私は、めでたい話なのかと思って、『みかわの子』が届くのを、心待ちにしていました。しかし、その小冊誌を手にした私は、愕然としました。小冊誌に印刷されていたのは、私の読書感想文とはかけ離れた「何か別のもの」でした。小冊誌に掲載されていたのは、私に何の断りもなく行われた改竄の結果が記された、無残な残骸だったのです。

私に何の断りもなしに、行われた改竄によって、まだ中学2年生にすぎなかったわけですから、幼稚なものだったのかもしれませんが、自分なりに、一生懸命考えて、必死の思いでひねり出した思索の痕跡は、すべて完全に削除され、消し去られてしまっていました。削除された部分は、相当な量だったはずなので、ただ削除しただけでは、論旨がつながるわけもありません。そこで、そうした外見を取り繕うためだったとしか思えませんが、所々に、つなぎの文章が挿入されていました。しかし、そうしたつなぎの文章は、すぐにそれとわかるような、凡庸でおざなりのものでしかありませんでした。

原稿ごと学校に渡してしまっていたので、オリジナルの復元もできませんでした。

もっとも、どうしてなのかは、わかりませんが、『みかわの子』を渡された時、私には、それほど、怒りの感情がわいてきたわけではありませんでした。多分、私は、『人にはどれだけの土地がいるか』というトルストイの民話を題材にして、精神的な格闘を終えることができ、区切りもついたことに満足していたのだと思います。それを保存しておきたいとか、もう一度読んでみたいという気持ちには、若いというより、幼かったので、関心を持つことがなかったというか、思いが至らなかったのだろうと思います。

『みかわの子』を編集したのは、だれだったのかまではわかりませんが、西三河地域のどこかの中学の教師だったであろうことは確実なことだと思います。そして、そうした、過剰な編集をした教師に対しては、嫌悪の情を持ったことは事実でした。「なんでこんな仕打ちを受けなければならなかったのだろう。」当時も、今も、この疑問に対する答えは、確認のしようもないことではあるのですが、私には想像がつくことがあります。私が思うに、多分、そのようにして、人の原稿から、一生懸命思索を凝らした部分を「そぎ落とした」教師は、「『子供には子供らしさ、中学生には中学生らしさが一番大切だ。』といった考え方を、価値観あるいは教育観の出発点としたうえで、生徒に対する教育に当たってきた人なのではないか。」ということです。こうした思考の出発点は、「中学生らしさ」、「高校生らしさ」という言葉とともに語られるものなのでしょう。だから、この教師は、私の読書感想文を一瞥して、見るに堪えない、という表情をした上で、「中学生には中学生にふさわしい考えの傾向や領域がある。そうした傾向や領域を超えることは、有害なだけでなく危険だ。」と考え、ご自身の信念に基づく蛮行に及ばれたのだろう、そのように私は思っています。

3 掃除当番の自由化で試した無政府主義

私の中学時代は、1960年代の後半（昭和40年代）に当たる時期で、多くの若者が、ビートルズとその周辺にあった雰囲気に圧倒的な影響を受けながら毎日を送っていました。その頃は、皆が、厳密な意味などお構い無しに、むしろ語感やムードで、「アナーキズム（無政府主義）」という言葉や、「シュールレアリズム（超現実主義）」という言葉などを使って、もっと正確に言えば乱用していました。多用されたのは、これらの言葉を省略形にした「アナーキー」や「シュール」という言葉だったかもしれません。こうした何やら怪しげな言葉に囲まれて、私は、いつもの癖のようなものがここでも出てしまったということなのでしょうが、ただ使っているというだけでは気が済まず、この「無政府主義」というのは何なのか、「シュールレアリズム」というのは何なのか、もっと知りたい、もっと理解したい、という衝動に駆られるようになりました。

この二つの言葉のうち、「シュールレアリズム」の方は、視覚的な理解が可能だったので、何となく分かったような気になったのですが、「無政府主義」の方は、そうはいきませんでした。年齢による制約、とりわけ社会経験の不足、知識の広がりの問題から、当時ヨーロッパではやっていたらしい何人かの思想家の「無政府主義」の比較・参照をしてみるといった側面から問題に迫ることもできませんでした。しかし、私は「無政府主義」という言葉の語感だけからではあったのですが、ある仮説にたどりつきました。それは、「物事は、他者（国家権力、政府）から指図されてやらされる（指図するのが政府です）べきものではない。他者でなく自分から進んで（無政府）そうしようという思いを出発点として取りかかる（政府に指図されたから行うのでなく、自主的に行う）べきものなのだ。なぜなら、そのようにして自発的に何かが作り出せるように人は生まれついているのだから。」というものでした。

私は、こうした内容の自家製の「無政府主義」の理解にたどりつくと、欲が出てきたのだろうと思いますが、そうした「無政府主義」を何とか実践してみることはできないものかと考えるようになりました。そして、自分の周囲を見渡し、「手始めに、『掃除当番』を『義務としてやらなければならないもの』から、『やりたい人が自発的にやるもの』に変えてみてはどうだろう。」と思いつきました。勿論、私一人で決められることではありません。私は、クラスの皆に諮り、「掃除というものは、『汚れたところ、汚いところにいるのは嫌だ。』という人間の持つ本性から生じた行動が習慣化あるいは制度化したものなのだから、初心に帰りさえすれば、何か強制的な決まりや割り当てなどによることがなくとも、必ず一人ひとりの自発的な気持ちを出発点として、実行されていくものだ。」と強調して、皆から賛同を得、クラスの総意で、私たちのクラスの掃除当番という制度を自由化しました。

掃除当番の自由化は、初めの2週間くらいは、クラスの皆の物珍しさも手伝ってか、うまく回りましたが、そんな時期を過ぎると、自発的に掃除をしてくれるクラスメートは、一人減り二人減り、4週間もたたないうちに、授業時間が終わって、普通なら掃除当番の時間が始まる頃、掃除道具を手に、掃除を始めるのは、私一人になってしまいました。私は、「また、戻って、一緒に掃除をしてくれるクラスメートもいるかもしれないから。」などと考え、一人になってからも、2～3週間くらいは、掃除を続けました。しかし、その掃除をしなければならない領域は、一人で掃除をするにはあまりにも広く、負担が大きかったので、それほど長く続けていられるはずもなく、一人で掃除をするようになってから半月くらいで、この「掃除当番という制度の自由化」の試みは、中止というか、挫折ということにせざるをえませんでした。

後に、担任の先生が、私の父に、「掃除当番の自由化など、うまくいくわけのないことは、初めからわかっていたが、さしたる実害もないので、止めないでいた。案の定、途中から、掃除をしていたのは、たった一人になったようだが、そのようになっても、すぐにはあきらめず、その後も何週間も一人で掃除を続けていたのを見て、立派なものだと思ったし、好感を持った。」と話してくれたということを、何十年もあとになって、父から聞かされ、「なんと良い先生に恵まれたのだろう。」と、心の底から感謝の気持ちがこみ上げてきました。そして、父から聞かせてもらった昔話で、半分忘れかけていた、当時の掃除当番の自由化の顛末を、しみじみと思い出しました。

４「国語」という教科との付き合い方

◆国語という学科の特質

中学2年生の頃だったと思います。「同胞」という二字熟語の読みが、国語のテストに出ました。私は、普通の「どうほう」という読み方も知っていたのですが、ほんの少し前に、分かりもしないのに、『ファウスト』の「第二部」の字面を追っていたことがあり、そこに「はらから」というルビが振られていたので、「きっとこの読み方の方が格調が高い読み方なのだろう。」などと考え、答案用紙に「はらから」と書いて、バツのついた答案用紙を返されました。先生に抗議したのですが、「あれは当て字だから、絶対に正解にはできない。」と、抗議はかたくなに拒否されてしまいました。「おかしい。」と思いましたが、一方、「多分、自分をアピールする場ではないところで、必要のないアピールをしたのが、まずかったのだろうな。」という考えも、漠然とではありますが、頭の片隅には生じていました。

また、私は、日本の小学校や中学校や高校の「国語」に、とてつもなく大きな特質があることが気になってくるようになっていました。日本の「国語」ですから、授業の素材は、当然「日本語」なのですが、しかし、「国語」という教科には、「日本語」を使ってコミュニケーションのスキルを磨くといった「日本語」を道具として使いこなすことを習熟させる観点が、ほとんど完全に興味や関心の埒外に追いやられており、その代わり、日本の学校教育の中で、「国語」はもっぱら情操教育の一環と位置付けられて、「日本語」は、何よりもまず鑑賞の対象として取り扱われているということに気が付いたのです。ですから、「日本語」は「国語」という教科の中では、美術や音楽や道徳といった極めて主観的な科目と同じような視点から、吟味されるということになってしまいます。まさにこのことこそが、日本の「国語」という教科、あるいは「国語教育」の特質なのではないかと、いつかは忘れたものの、私は、ある時から薄々感じるようになり、それはやがて確信となっていきました。当初の私の思いからすれば、これは、日本の「国語」という教科の現状に対する批判として芽生えた一つの発見でした。そして、言語に対して、それをコミュニケーションのツールとして使いこなすという問題意識が希薄なことが、多分、「英語」にもネガティブな影響を及ぼし、何年学校で英語を教えてもらっても、まるで役に立たない、といったことになってしまうのではないか、などと漠然と考えていました。

◆国語のテストでよい点をとるコツ

しかし、私の「国語」観は、全く意想外のところで、大活躍してくれました。何と、「国語」のテストにどう取り組むべきなのか、という難題に、この私の「国語」観は役立ったのです。私の「国語」という教科に対する考え方からすれば、「国語」が素材としている「日本語」は、芸術や道徳の対象であるわけですから、「絶対にこれが正しい。」「これは明らかに間違っている。」といった白黒をはっきりさせるような断言のしかたは、どちらかと言えば不向きです。好みの問題だったり、イデオロギーの問題だったり、いろいろな要素が絡み合うわけですから、解は多岐なものとならざるを得ません。そこで私は、『国語』のテストに、客観的な正解はない。そこにあるのは出題者の『思い』だけだ。」と考えたらどうだろうと思いつきました。すると、「国語」のテストで高い点をとるには、出題された文章の選ばれ方、設問自体の内容、設問の配列、択一式の設問ならその組み立てなど、「問題」から読み取ることができるあらゆる情報を収集し、分析して、出題者の「これが正解だ。」という「思い」を汲み取り、こうして推察された「思い」に依拠し、そしてもう一つ忘れてはならないポイントですが、おのれを虚しくして、解答していくのが、最も「正解」と評価されるものに辿り着く率が高い方法だ、ということになります。少し言い方を変えると、いきなり、「正解」を考えるのでなく、「問題の作り方」からその「問題」が何を「正解」とするつもりで作られたものなのかを探っていく方法が、唯一の解決策ではないかと考えたのです。この「国語」のテストに対する対応策は、実際、とても有効でした。国語のテストの点数は、標本分散が小さいので、とびぬけた高得点を取ると、偏差値は、びっくりするほど高いものとなります。私は、数学や英語で満点を取っても絶対に取れないような高い偏差値を、国語で結構取っていました。「同胞」の二つの読み方のどちらをとるかも、この観点からすれば、迷いようのないことだったわけです。

学生時代、勉強がよくできた方に、中学や高校の時代の「国語」のテストの結果をたずねると、「他の科目の場合と違って、当たりはずれが多かった。」といった答えをよく聞きます。私の考えでは、このような方々は、自分の考えで「国語」のテストを解いたので、出題者の考えと合った時に「当たり」となり、合わなかった時に「はずれ」となったのだと思います。こうした方々は、主体性という意味では、むしろ正しい生き方を通しておいでなのだということなのかもしれませんが、私の考えによれば、「国語」という教科との付き合い方という点では、こうした生き方には不向きな面もあるということになるのではないかと思っています。

◆美人コンテストと証券投資

この私の「国語」観をもって、大学で経済学の勉強をするようになったところ、「えっ!?」と驚くしかないことに出合いました。大学でケインズの「証券投資は、美女選びというよくある新聞の懸賞と同じだ。」という考え方を知り、私の国語のテストへの対処のしかたは、こうしたケインズの例え話とかなり本質的なところで通じるところがあるのではないかと思ったのです。ケインズは、こんなふうに説明しています。

「専門投資家は、百人の写真から最高の美女六人を選ぶといった、ありがちな新聞の懸賞になぞらえることができます。賞をもらえるのは、その投票した人全体の平均的な嗜好に一番近い人を選んだ人物です。したがって、それぞれの参加者は、自分が一番美人だと思う顔を選ぶのではなく、他の参加者たちが良いと思う見込みが高い顔を選ばねばならず……」（ジョン・メイナード・ケインズ著、山形浩生訳、講談社学術文庫『雇用、利子、お金の一般理論』225ページ）

もちろん、私の国語観は、ケインズの議論と全く同じものではありません。しかし、「自分というものがあっても意味はない、むしろ他者がどう考えているのかを推し測ることこそが意味があることなのだ。」というところはほとんど同じなので、悪い気はしませんでした。

◆ゲームを始めるのは、作った人のことを知ってから

この私の「国語」観に関わる話は、弁護士になってある弁護士の友人を持ってから、また、少し広がりができました。この友人の弁護士は、某有名私大の航空機学科の出身者で、ずいぶん早い時期からパソコンが大好きな人だったのですが、コンピューター・ゲームも大好きで、中でも『信長の野望』や『三国志』といった歴史シミュレーションゲームを始めると、文字通り寝食を忘れてのめり込み、それを「ゴール」と言うのでしょうか、最後には、いつも必ず、最高得点のステージまで到達してしまうのです。どのゲームも征服してしまうので、やはり共通の友人の弁護士が、「どうやるのか？」と思わず質問しました。そこで、返ってきた答えが、「自分がどうやろうか、などという考えは、はなから捨ててかからなければいけない。まず、試行錯誤をして、ゲームを作った人の『どうするとどうなる』という『設計者の考え方』の推定を、徹底的にやる。『設計者の考え方』さえ分かれば、それに合致した対応をしていくだけだ。そうすれば、必ずゴールにたどり着ける。」というものでした。シミュレーションゲームの場合、「設計者の考え方」と、「国語」

の出題者の「思い」とは、同じものであるはずがありません。もちろん、推理のやり方も全然違います。それでも、「シミュレーションゲームの、一つひとつの場面は、どの選択がゴールに至るものか、といった『正解』をゲームをしている人の価値観で見付けようとしても、意味はない。『正解』を知るための唯一の道は、設計者の『ゲームの製作の料簡』を探り当てることである。」といった考え方に、発想において、私の「国語」観と一脈通じるところがあるような気がして、とても興味深く思いました。

何といっても「国語」が中心ですが、いくつか、エピソードをまとめることになってしまいました。どのエピソードも一つとして同じものはありませんが、共通しているのは、意識して、とりあえず己を捨ててから次を考えることに専念していることです。でも、それだけで良いものなのか。私は、結局、今、「自分そのもの」には、あまり強い関心が持てなくなってしまったところがあります。でも、悟りの境地とはまるで違います。「決断の他者依存性」とでもいうのでしょうか。「いい年をして、こんなことでいいのか。」と反省しきりの毎日です。

第2部　学部生・院生の時代

5 GHQの経済政策と制度学派経済学

◆制度学派経済学とニューディーラー

現在の日米関係は、明らかに対等なものとは言えないものですが、このいびつな関係は、占領下のそれとは大きく異なるものであることも事実です。占領下の日米関係というと、ともすれば、「支配従属関係」といった、屈辱的なものを連想しがちかもしれません。そういった側面があったことを否定するつもりはありませんが、こと、経済政策に限ってみれば、占領下の日米関係、言い方を変えれば、占領軍が日本社会に及ぼした影響の中に、積極的な、あるいは、肯定的なものが見て取れることを無視すべきではありません。しかも、そうした政策の実施主体は、体系的な考え方のもとにまとまっていました。

このような、積極的、あるいは、肯定的な政策の実施主体は「制度学派経済学」に依拠していた「ニューディーラー」と呼ばれるグループでした。当時GHQの一員として「財閥解体」を担当していたエレノア・M・ハドレーは、当時を回想した著書（エレノア・M・ハドレー＋パトリシア・ヘーガン・クワヤマ共著『財閥解体　GHQエコノミストの回想』）の中で、「占領について自分の経験を書いたセオドア・コーエン（コロンビア大学大学院で学んだ制度学派経済学派に属する労働経済学者）は、研究に『日本の再構築：占領期のニュー・ディールとしての役割』という題をつけた。占領はまさにニュー・ディールであった。占領政策は確かにニュー・ディール構想に沿った部分がたくさんあった。」と論じています（ハドレー他、前掲書、111ページ）。そもそも、GHQ内で民主的改革推進の中心人物だった、「民政局」次長のC・L・ケーディスも「ニューディーラー」でした（竹前栄治『GHQ』107ページ）。

日本の経済学の学会では、「制度学派経済学」あるいはこれを包含する「制度派経済学」は、その本流からは、ほぼ完ぺきに無視されているので、権威のある研究者による体系的な研究などに接することは期待できないでしょう。しかしながら、「制度学派経済学」に裏付けられた「ニューディーラー」が、GHQの活動の一環として、あるいは、「制度学派経済学」の活動の一環として、当時の日本にもたらした施策は、現在の日本社会をどう見るかという観点からしても、あるいはもっと広がりのある観点からしても、見落とすことのできない多くの教訓を内包したものだと思われるのです。

◆ＧＨＱの経済政策

ＧＨＱの経済政策は、多岐にわたりますが、ここでは、「財閥解体」、「労働改革」、「農地改革」、「シャウプ税制導入」に着目してみることにします。「財閥解体」は、「ハドレー他、前掲書」の著者であるエレノア・Ｍ・ハドレーなどによって遂行されました。しかし、ハドレーは、１９５０年から１９６６年までレッド・パージの対象とされたことも知られています（ハドレー他、前掲書、33ページ）。ここでは、やや単純化して議論を進めていますが、ＧＨＱの権力構造は一筋縄ではいかないものであったようです。「労働改革」は、「制度学派経済学」派に属するセオドア・コーエンなどによって遂行されました。「農地改革」は、もともと日本のエリート官僚によって計画されていたものだったのですが、当時、日本の国会に「農地改革」の法案が上程されたところ、在村地主の権益の擁護（小作人に売らなくてもよい農地の面積の大幅な拡大）という骨抜きをされそうになったということがありました（このエピソードの存在を、私は重視しています。というのも占領政策に否定的だった当時の論者は、所詮、戦前の支配階級の傀儡に過ぎないことを、分かりやすい形で示しているからです）。このことを知ったGHQが「農地改革についての覚書」という「指令」を発出したことによって骨抜きは阻止されました（大和田啓氣『秘史　日本の農地改革――一農政担当者の回想』79ページ以下）。こうしたいきさつから、農地改革もまた、ニューディーラーの関与によって、はじめて実現させることができたものだったと考えて良いでしょう。

ＧＨＱの経済政策を語る上では、「シャウプ税制導入」も避けて通ることはできません。とはいうものの、「シャウプ税制導入」と制度学派経済学との関係は、やや難問です。そもそも、税制使節団長のカール・Ｓ・シャウプは、コロンビア大学、商学部教授兼政治学部大学院教授で、狭義の経済学者ではありませんでした。しかし、制度学派経済学は、隣接する学問との関係が強かったこと（制度学派経済学を代表するといわれているソースティン・ヴェブレンは、社会学を兼任する学者でした）、制度学派経済学の拠点となっていたのがコロンビア大学であったところ、シャウプはコロンビア大学の教授であり、７名からなる税制使節団の委員の内、３名がコロンビア大学の教授であったこと（山下壽文『戦後税制改革とシャウプ勧告』３ページ）などから、シャウプ税制導入もまた（ニューディーラーが挙行したものだ、とまで断言することはできないかもしれませんが）制度学派経済学の影響のもとに実施されたものだったということは間違いないと思われます（金子宏『租税法理論の形成と解明　上巻』２２４ページ）。

このように、ＧＨＱによって行われた経済政策は、制度学派経済学を背景としてニューディーラーたちの手によって、体系的に行われたものでした。制度学派経済学に導かれたＧＨＱの経済政策が、その後、日本の資本主義経済が発展していくために必要な「初期条件」を整備してくれたことは、議論の余地はないと思われます。戦後の日本の「高度経済成長」は、ＧＨＱの経済政策の賜物だったということになるのです。制度学派経済学にとっても、多分、ＧＨＱの経済政策への関与は、自分たちの理論の正しさを実証することを目的とした大掛かりな社会実験だったのだと思われます。

◆アクセス・オーダーと経済発展の初期条件

制度学派経済学は、現在も、ＧＨＱを通して日本で行ったような活動を続けているようです。このことを教えてくれたのは、東大で教授をしていた友人でした。友人は、“Douglass C. North, John Joseph Wallis, Steven B. Webb and Barry R. Weingast, *Limited Access Orders: Rethinking the Problems of Development and Violence*”といった小論（英語のＷｅｂサ

イトにアップされています）を紹介してくれました。紹介された小論は、国民経済を「リミテッド・アクセス・オーダー」の国と「オープン・アクセス・オーダー」の国に類型化し、発展途上国に対して、これまで、その経済発展を「リミテッド・アクセス・オーダー」のモデルで解決しようとしがちだったと総括しました。そのうえで、これからは、発展途上国に対し、その経済発展を「オープン・アクセス・オーダー」のモデルに依拠してすべきだという提言が、この小論のポイントでした。

「リミテッド・アクセス・オーダー」というのは、「一部の者にしかチャンスが与えられていない体制」とでも訳せる学術用語です。伝統的には、「開発独裁」と呼ばれるもので、権威主義的な政治権力と財閥が手を組んで開発途上国である自国の経済をけん引していくという手法です。ここでは、一般の国民は、政治活動の中心にも経済活動の中心にも関与することができません。これに対して、「オープン・アクセス・オーダー」というのは、「チャンスが全員に開かれている体制」と訳せる学術用語です。ここでは、政治活動にも経済活動にも、全員が参加できます。これまで、こうしたチャンスが全員に開かれている社会は、先進国でしか実現できないと考えられてきました。しかし小論の中で、ダグラス・ノースたちは、発展途上国を指導していく姿勢の問題として、『リミテッド・アクセス・オーダー』は行き詰まっており、『オープン・アクセス・オーダー』への移行が模索されるようになってきている。これからは、『オープン・アクセス・オーダー』を発展途上国の経済発展のモデルとして採用していくべきだ。」と論じているのです。

このLimited Access Ordersという小論は、ＧＨＱの経済政策における制度学派経済学の問題関心、あるいは、「ＧＨＱによる占領」の前と後の日本の社会の変容についての理解のしかたという観点からして、極めて示唆に富むものであると思います。というのも、明治維新以来の日本の経済発展を俯瞰してみると、日本の経済の「アクセス・オーダー」は、第二次世界大戦の前後で全く異なったものに変質していることを見て取ることができるからです。明治維新から第二次世界大戦前まで、日本は、典型的な「リミテッド・アクセス・オーダー」の国でした。しかも、経済発展という面では、それなりに成功していました。ここに、突如として「ＧＨＱによる占領」という断絶が介在します。「ＧＨＱによる占領」の中で、制度学派経済学に依拠した「ニューディーラー」がＧＨＱの経済政策を通して実現したかったのは、日本の「オープン・アクセス・オーダー」への方向転換でした。「ＧＨＱによる占領」の後、「オープン・アクセス・オーダー」の国として、日本の経済は発展することができたというわけです。

しかし、制度学派経済学に導かれたＧＨＱの経済政策が日本に及ぼしたプラスの影響にも限界があったようでした。戦後の日本の「高度経済成長」は、バブル崩壊後、息切れしてしまったからです。息切れは、現在も解消できていません。このことは、多分、制度学派経済学に導かれたＧＨＱの経済政策が日本に植え付けてくれた、日本の資本主義経済が発展していくために必要な「初期条件」が、時間の経過とともに劣化し、通用しなくなってしまったことと無関係ではないでしょう。日本は、制度学派経済学に導かれたＧＨＱの経済政策がもたらしてくれた「初期条件」のもとで40年以上繁栄を謳歌してきたのですから、「アクセス・オーダー」をバージョン・アップし、次の発展に向けた新たな経済インフラのフレームづくりに専念しなければならなかったはずだったのではないでしょうか。しかし、現実の日本では、今日に至るも、そうした動きは何も見られませんでした。

さらに言うとすれば、スタート・アップ企業への待遇も問題かもしれません。ＧＨＱの経済政策は、単に日本経済一般を底上げしただけでなく、日本を、世界に通用するスタート・アップ企業の揺籃場にしました。事実、このころ、ソニーやホンダなどが創業して、後に、世界規模で、大きな成功を収めています。スタート・アップ企業の重要性は、最近の日本でも意識されるようになり、その育成に力を入れようとしているようです。しかしながら、今のところ、そうした取り組みから産声を上げたスタート・アップ企業は、どれも小ぶりで、国際性に乏しく、既存の技術の思い付き的応用にとどまっているように思えてなりません。ＧＨＱの経済政策がもたらしたスタート・アップ企業と現代のスタート・アップ企業の違いは、おそらく、ＧＨＱの経済政策がスタート・アップ企業にとっても望ましい「初期条件」をもたらしたのに対して、現代のスタート・アップ企業にはそうした「初期条件」が用意されていないことによるものと思われます。こうしたことも含めて、現在の日本は、あらゆる面で、経済インフラのフレームの整備を迫られているということができると思われるのです。

⑥「営利事業」の主体

◆様々な形態の営利事業

「営利事業」は、「元手としての財」にうまく働きかけて利益を得ようという営みの総称です。そこで、「営利事業」は、「元手としての財」に対する「人間」や「人間」が作り上げた制度的枠組み（これらの総称が『営利事業』の主体」と呼ばれるものです）との関わり方という観点から、いろいろなかたちをとって行われてきたことが知られています。そして、現代においては、その関わりの形態は「株式会社」というものに収斂しました。ところが、この肝心かなめの「株式会社」をどのようなものとして理解すべきかについて、かなり深刻な混乱というか対立が生じています（岩井克人「会社の新しい形を求めて　なぜミルトン・フリードマンは会社についてすべて間違えたのか」『一橋ビジネスレビュー』２０２０ＷＩＮ、８ページ）。どうして、このような「株式会社」に対する理解の混乱や対立が生じたのか、もしかしたら、「元手としての財」に対する人間の格闘の場だった「『営利事業』の主体」の全体像をあらためて俎上にのせ、検討を加えれば、何かのヒントが得られるかもしれません。こうした問題意識をもって、「『営利事業』の主体」をいくつかの類型に分けたうえで、そうした、いくつかの「『営利事業』の主体」の機能や構造、長所や弱点を論理的に整理し、相互の関連性、緊張関係を明らかにしてみたいと思います。

「『営利事業』の主体」は、いろいろなかたちをとって、人間社会に現れては消え、また現れては消え、ということを繰り返してきました。そこで、この「『営利事業』の主体」は、一見するとどこに着目して類型化したらよいかの手がかりも、容易には見つからないもののように思われます。それはそのとおりなのでしょうが、私の考えでは、「『営利事業

業』の主体」は、

①「一人の自然人vs複数の自然人」という二項対立
②「グループとしての（複数の）自然人vs法人」という二項対立
③「持分会社vs株式会社」という二項対立
④「初期の株式会社vs成熟株式会社」という二項対立
⑤「成熟株式会社vs爛熟株式会社」という二項対立

という、5種類の、似ているようでいて、中身のかなり異なる、それでいて関連性も否定できない二項対立に整理することによって、よりよい理解ができると思われます。

このように、二項対立している類型を5種類も挙げることができるということは、「『営利事業』の主体」の具体的な現象形態は、その時その時の政治体制、社会体制の中で、さまざまなバリエーションが付加されたり切除されたりしながら、制度化されてきたことの結果であることを意味していることに他なりません。そこで、付加や切除のなされた後の具体的な衣をまとったそれぞれの時代、それぞれの経済圏の「『営利事業』の主体」を目の前にすると、そもそも比較のために抽象化し、類型化するという作業をしようと企てることそれ自体が、果たして可能なことなのかといった疑問も否めないところです。しかし、時系列的観点、論理系列的観点を導入して検討を加えてみた結果、こうした5種類の二項対立を意識することによって、『営利事業』の主体」は、以下のとおり有意義に整理することができ、そのさまざまな形態の理解を深めることができました。

◆二項対立する営利事業の主体

「一人の自然人」が、「元手としての財」との間に結ぶ「所有」と呼ばれる関係は、自由で、であるからこそ単純なもので、その「一人の自然人」の意思ですべてのことを決めることができるものです。しかし、「複数の自然人」が、財との間に関係を結ぶことになると、何の工夫も施さなければ、そこには「共有」という関係が生じてしまうことになるしかありません。財との関係が「共有」ということになると、全員一致でなければ何もできない状態に陥ってしまうことになってしまいます。何人かが集まって元手を出し合えば、元手のサイズが大きくなるので大きな事業が効率的にできるかというと、必ずしもそういうわけではないのです（①の二項対立）。

「グループとしての（複数の）自然人」は、「共有」のアポリアから脱却するために、新たな制度の開発に取り組まなければなりませんでした。それは、例えば「組合（今の日本でいう民法上の組合）」のようなものだったかもしれません。確かに「組合」は、特別な目的の遂行には、適したところもあるものなのでしょうが、普通の「『営利事業』の主体」とするには、使い勝手が良いものではありませんでした。そこに登場したのが「法人」という制度だったわけです（②の二項対立）。

「法人」という概念を抵抗感なしに受け入れられた社会は、「グループとしての（複数の）自然人」から出発して、種々の形態の法人を案出していったわけです。そのなかでも、「『営利事業』の主体」としての法人という観点からすると、その中心にあったのは「会社」という制度でした。一方、「法人」としての「会社」が考案できるようになると、まず、資産を管理することを目的とした「法人」として「持分会社」という制度が形成されました。そして、そこに他人を巻き込んで資金的な関与をさせ、「営利事業」をより大きな規模で営めるようなものにするための道具に関心が移行していき、「株式会社」という制度が案出され、洗練されて今日に至るということのようです。

もっとも、「法人」という概念は、すべての社会に受け入れられたわけではないということにも注意する必要があります（中田考『増補新版　イスラーム法とは何か？』183ページ）。「法人」という概念が受け入れられなかったイスラーム社会では、「会社」に対応する制度（シャリカ）も「グループとしての（複数の）自然人」の集まりとしての「組合」にとどまっていたということです（中田、前掲書、200ページ）。当然、論理序列からして、「法人」という概念が受け入れられなかった社会では、「会社」という考え方を受け入れることはできません。そうなると、経済活動にとって、かなり不自由な社会になるような気もします。

「『営利事業』の主体」として「法人」という概念にたどり着くと、そのありようは「持分会社」と「株式会社」に区別されるようになるのですが、「持分会社」とはどんなものだったのか、また、「株式会社」はどのようにして発展し、どんな特色があるものになっていったのかについて、確認しておくことが必要となります。

まず、「持分会社」ですが、少数（または一人）の資産家が、その有する資産（の一部）をひとまとまりのかたまりとし、それに、一個の法人格を与えて、資産をひとまとまりのかたまりとして効率的に管理しようという目的をより一層達成しやすくするために編み出された制度であるということができます。「合名会社」と呼ばれる組織が典型で、「合資会社」がそのバリエーションとされています（現代に近づくと、「持分会社」の中に、有限会社や合同会社と呼ばれる小規模の会社も含められるようになるのですが、原初的形態ではないし、制度趣旨も異なるので、ここでは論じないことにします）。「持分会社」には、法律が立ち入って保護したり規制したりといった必要がほとんどありませんので、多くの事項を定款自治で決めることができることになっています。もともと自分の資産をその法人に持ち込んだ者（社員）と法人の資産との距離はとても近いものとされています。そうした特質に着目して、戦前の財閥は、「三井合名」、「三菱合資」、「住友合資」、「（合名会社）安田保善社」など、組織の頂点に「持分会社」を利用しました。しかしながら、現在においては、株式会社の規制の自由化の進展で、「株式会社」を巧みに運営（構成）すれば、「持分会社」と同じ機能を持つ組織が作れるようになったので、現在では、「持分会社」は、ほとんど見られなくなりました。

「持分会社」は、「元手としての財」そのものの効率的な管理に着目して組織された会社でしたが、「事業」の効率的な遂行のために会社という組織を利用しようという動きも、勃興してきました（③の二項対立）。

◆株式会社という制度の生成

「株式会社」についても、とりわけその生成期においては、その制度の組み立てや設計には、さまざまな思惑が絡み合っていました。「株式会社」という制度の確立と普及の舞台として、この小論ではイギリスにおける発展に着目してみることにしますが、「株式会社」という制度の確立に費やされた試行錯誤は、大航海時代が始まり、社会が中世から近世に移行を遂げはじめつつあった15世紀のイギリスから、産業革命が始まった19世紀のイギリスまで、400年近くにわたって続きました。それは、とりもなおさず、「株式会社」という組織がいかにいくつもの複雑な要素を組み合わせなければ作り上げることができないものだったのかということを表しています。「株式会社」の確立を理解するためには、こうした複数の、複雑な要素を取り出して、その一つ一つが「株式会社」の原型に組み込まれていく様子を見るという視点に立脚することが不可欠です。以下、そうした方法論を意識しながら、生成期のイギリスの「株式会社」という「『営利事業』の主体」の成り立ちの様子を概観していこうと思います（武市春男「イギリス会社法発展史論」『城西大学開学十周年記念論文集』所収、1〜16ページ）。

王政という権力構造の下で、何らかの事業をやろうと考えた往年の大商人は、イギリス国王から特許（チャーター）を授与されて、一人で国際的な貿易事業を始めました（前もって自分が持っていた「元手としての財」だけで自分だけの「営利事業」を運営したということです）が、やがて、複数の大商人が糾合し、それぞれが持ちよった共同の「元手としての財」によって、共同の計算で「営利事業」を運営する、しばしば「合本会社（Joint Stock Company）」などと呼ばれる組織に発展していきました（「元手としての財」を持ち寄る者の数は増えましたが、全員が「営利事業」の運営にかかわっていました。ここにも、①の二項対立をみることができます）。国王から授与された特許には、多くの特権が含まれていたのですが、そうした特権の中に、「合本会社」への「法人格の付与」という特権があったので、国王から特許を受けた正統の「合本会社」は、「法人格を持った会社（incorporated company）」でした。しかし、国王から特許を受けるには、たくさんの金とコネが必要だったことから、やがて、イギリスでは、17世紀に入ると、国王から特許を受けずに設立された、だから法人格を持つことができないという性質の「合本会社」が現れ、18世紀にかけて、その数が激増しました（ここには、②の二項対立がみられます）。

こうした「合本会社」の中でも非正統的な「法人格のない会社（unincorporated company）」

は、事業を進めていく上で多くのハンディを抱えていましたが、それにもかかわらず、とどまることのない勢いに後押しをされて、会社の数は増える一方で、起業熱は高まる一方になっていきました。加えて、「合本会社」の「元手としての財」も「営利事業」を運営する者たちからの取りまとめだけでまかなうという伝統的な枠組みを超えて、事業運営者ではない、事業運営からすれば外部の人々からの払い込みの受け入れも歓迎されるようになっていきました。「合本会社」に外部から「元手としての財」を拠出する者といっても、始めの頃は求められる拠出者の人数も少なく、求められた拠出の単位も大きかったので、拠出者になれたのはごく一部の金持ちに限られていたのですが、拠出の単位については細分化が進み、一般のイギリス人にも払い込むことができるようなものになり、拠出者の数はどんどん増えていきました。また、拠出者の間では、払い込みによって得た権利を売買する取引も頻繁に行われるようになり、拠出者の権利は、株式ととても近いものになっていきました。そうした拠出者の権利の近代化の延長として、株券のようなものも出現しましたし、株式市場のようなものも、当初は私的な施設として、後には公的な施設として登場するに至りました（大隅健一郎『新版株式会社法変遷論』35〜37ページ）。

このようにして過熱していった「合本会社」の起業熱や「合本会社」の拠出金の市場

取引の投機熱は、１７２０年の南海泡沫事件（The South Sea Bubble）で頂点に達しました（大隅、前掲書、33ページ、注(9)。このバブルは、一般のイギリス人の間に生じた過剰投資の熱狂だったわけですが、当時の「会社」のほとんど全てが、「有限責任」という投資者保護の制度を持っておらず、またそういった制度を持つ道もほぼ閉ざされていたことから、この「南海泡沫事件」で、投資者が被った損害は、莫大なもので、大きな社会問題となりました。そこで、「南海泡沫事件」の後、そうした起業や拠出金の市場取引を弾圧しようとする泡沫法（Bubble Act）という法律が、５年くらいは続きました。しかし、その後、イギリスでは、新たな立法措置によって「会社」という制度をより良いものにしていこうという努力が半世紀近く続きました。そうした法律の制定によって達成しようとされていたのは、特許を受けずに設立された非正統的な「合本会社」に対する法人格の付与と、「合本会社」を構成する「元手としての財」の拠出者に対する有限責任制度の確立でした。

「合本会社」はごく初期の特権的な国際貿易を目的として組成された王権肝入りの有名なもの以外は、規模の小さなものでした。特定の、具体的な事業の達成のために設立された組織だったので、当初掲げた事業目的が達成されると清算してしまう「当座企業」といわれるものもあったほどだったのです。「株式会社」は、このように、制度が作り上げられたばかりの段階においては、多くは、比較的小規模の、具体的な事業の遂行のために組織された集団でした。とは言うものの、長い道のりではありましたが、ついに「合本会社」の社団性には法人格が付与され、その構成員たる地位を意味する株式は細分化された投資の割合的単位とされ、その保有者としての株主は有限責任によって保護されるという「株式会社」にとって必須の用件が組み合わされた組織（鈴木竹雄、竹内昭夫著『会社法〔新版〕』7〜9ページ、20〜22ページ）が確立したのです。これが「初期の株式会社」です。

◆株式会社の発展とその行き着いた果て

その後、産業社会の発展とともに社会全体の規模が大きくなっていったことにあわせて、「株式会社」の中にも、徐々に巨大化していくものが出現しはじめました。こうした巨大化した「株式会社」は、多くの株主に支えられなければ成り立たない存在となり、その結果として、経営者と株主の間の乖離も大きくなっていきました。このような変化と軌を一にして、「株式会社」の内部においては、経営者と大株主と少数株主と債権者との間の利害関係などが先鋭化する気配が感じられるようになってきました。そうしたステークホルダー相互間の緊張関係が、リベラルに調整されていった結果、「株式会社」は、バーリ、ミーンズが「支配の進化」と名付けた過程（A・A・バーリ、G・C・ミーンズ著、森杲訳『現代株式会社と私有財産』66ページ以下）を経て、当初の姿とはかなり異なるものに変容していきました。「株式会社」という組織の支配者についても、「株主というより、むしろ経営者なのではないか。」という議論も見られるようになってきたのです。これが「成熟株式会社」です。この「成熟株式会社」は、「初期の株式会社」が時間をかけて獲得した様々な成果をしっかりと受け継ぎながらも、現代化が果たされた結果成立したものだった、ということなのだと思います（④の二項対立）。

もっとも、こうした動きに対しては、これを良しとしない考え方を持つ人たちも目に付くようになってきました。「株式会社」の会社組織と株主との関係性について、「成熟株式会社」のようなあり方に、強い異論が投げかけられるような風潮が巻き起こってきたのです。こうした、新たな「株式会社」に対する見方の背景、あるいはこれを推進する原動力となっていたのが、「市場原理主義」あるいは「新資本主義」と呼ばれる現代社会の一部で声高に主張されている動きでした。こうした動きに符合して組織された「株式会社」のことを、私は「成熟株式会社」と区別して、「爛熟株式会社」と呼ぶことにしました（⑤の二項対立）。

このようにして出現した「爛熟株式会社」には見過ごすことのできないいくつかの特徴があります。一つ目は、「何のために『株式会社』という組織を経営するのか」というそもそも論が、「初期の株式会社」とも「成熟株式会社」とも異なるものとされたことです。「爛熟株式会社」では、地道に、具体的な事業を実践していくということが意識的に軽視されるようになり、金を儲けることだけが会社経営の自己目的として強調されるようになったことです。こうした動きを後押しするスローガンは、フリードマンの、

「フリードマン・ドクトリン——企業の社会的責任は利益を増やすことだ（A Friedman doctrine—The Social Responsibility of Business is to increase its profits.）」（ミルトン・フリードマン、１９７０年9月13日の『ニューヨークタイムス紙』17ページ掲載、Ｗｅｂ上のサイトに転載）

という「教義の託宣」の中に、顕著な形で表現されています。この「ドクトリン」では、企業が何かの事業をする目的は、その事業それ自体を成し遂げることにあるのではなく、その事業を利用して金を儲けることだけにあるのだと断言されているのです。

二番目の特徴は、「株式会社」の支配者は、株主でなければならないという強い信念です。それも、株主全員というのではなく、大株主、あるいは支配株主が「株式会社」の支配者でなければならないというのです。ここで大株主というのは、機関投資家やファンドのことを意味していることには注意してください。創業者が、自ら創業した「株式会社」の大株主あるいは支配株主として君臨しているというのは、むしろ「初期の株式会社」の特質でもあり、「爛熟株式会社」の議論とは、区別した方がよいからです。

こうした風潮の中で、逆に、少数株主の共益権は、同じ「株主」でありながら軽視されることが少なくないという状況が目立つようになってきました。その例のひとつとして、「種類株式」という制度の過度の重視を挙げることができます。「種類株式」という制度は「成熟株式会社」の時代から存在してはいましたが、それほど利用されてはいませんでした。ところが今日、大株主の「株式会社」支配に、よく言えば、多大なフレキシビリティーを与えて、「株主平等原則」を変質させるという、注目すべき事態を実現するための手段として、この「種類株式」という制度が利用されるようになってきたのです。「種類株式」は、公開会社の非公開化（Going Private）の手続きにとってなくてはならないものですし、また、ＧＡＦＡなどのアメリカの先進的な企業は、この「種類株式」という制度を利用することによって、資本市場でいくら資金調達をしても、中心的メンバーの会社支配が崩されないようにするための仕組みづくりに活用していることが報じられています。

三つ目の特徴は、上場「株式会社」における経営者と大株主の間に形成された独特の関係です。この「爛熟株式会社」における企業経営者と大株主の新たな関係性は、「インベスター・リレーションズ（ＩＲ）」の普及、「証券アナリスト」という職業の確立、「四半期決算」の定着などといった世の中の流れをみれば誰の目にも明らかなことだと思います。こうした動向は、情報の「開示」とか、情報の「透明性の強化」とか、情報の「非対称性の解消」とか、現在の社会が最先端の課題として意識している目標に、ぴったり当てはまるもののようにも考えられるのかもしれません。しかし、この三つ目の特徴も、二つ目の特徴と組み合わせてみると、何か釈然としないところが残るような気もします。

こうした「爛熟株式会社」を肯定的に論じる論者は、「爛熟株式会社」の窮極的目的を「企業価値」の極大化と説明します（近藤一仁『企業価値向上のための経営情報戦略――ＩＲの本質について』１８６ページ以下）。こうした、「爛熟株式会社」の経営者の株主とのあるべき関係について、フリードマンは、前掲のものとは微妙に異なるフリード

マン・ドクトリンで、

「企業の最大の責任は株主の満足にある（an entity's greatest responsibirity lies in the satisfaction of the shareholders.）」（ＣＦＩというＷｅｂ上のサイトより引用）

と「教義の託宣」をしています。この「ドクトリン」のメッセージが語るところによれば、「企業価値」の極大化を目指す目的は、株主を満足させることに尽きるようにも見てとれるわけですが、それだけではないようにも思えてきます。というのも、「株主に満足してもらえるように、自らの行動を律する。」という上場企業の経営者の行動指針は、見る角度を変えてみると、大株主に生殺与奪の権を握られているだけに、上場企業の経営者の保身、立場の安全の確保ものためになされているもののようにも思えるからです。こうしてみると、「株式会社の支配者は株主である」という考え方と「上場企業の経営者と大株主の間に新たな関係性を構築しなければならない」という考え方の行き着く果ては、「自己保身に走る経営者と金儲けにまい進する大株主の癒着」しかないようにも思われるのです。

◆二つの株式会社観

もちろん、今でも、「『株式会社』のあるべき姿は『成熟株式会社』であって、『爛熟株式会社』というあり方は、間違っている。」という人もいます。「二つの『株式会社』観の対立の背景には、『成熟株式会社』を良しとする考え方と『爛熟株式会社』を良しとする考え方の対立があるのではないだろうか。」これが、私の冒頭の問題意識についての、私なりの結論です。私は、「成熟株式会社」派なのですが、今や、二つの「株式会社」観を比べると、遺憾なことではありますが、「爛熟株式会社」の方が優勢のようです。「成熟株式会社」は「爛熟株式会社」にとって代わられようとしている節があるどころか、もう、すでに、「爛熟株式会社」が、世の中を席巻している感があるのです（⑤の二項対立）。

ここまで論を進めてみると、冒頭でご紹介した「株式会社」に対する理解のかなり深刻な混乱のよって来る根拠の一端も明らかにすることができたようにも思われます。現代社会のトレンドは、どちらかといえばリバタリアンと総称される「絶対自由主義」、「市場原理主義」、「新資本主義」と呼ばれる側に移行してしまっているのかもしれません。しかしながら、それは、進歩というような楽観的なものなどと到底言えるものではありません。そこにあるのは、拝金主義、ファンドや物言う株主、新たに生じつつある社会格差、限度を超えた自己責任の押し付け、と挙げはじめればきりがないほどの問題をその内に含んでいます。生活感覚の問題として、私には、とてもついていけません。

7 資本主義生誕の地

同じ経済現象を対象とした言葉であるにもかかわらず、「資本主義」という用語の使われ方は、使い手によってかなり異なるという印象があります。どうしてそのように用語法のすれ違いが生じてしまうのかについては、いろいろな視点からの説明ができるのでしょうが、ここでは、私の常々考えている一つの視点からの説明を、まとめてみたいと思います。

私が、用語法のすれ違いの理由として最も注目しているのは、「資本主義」は、どんなところで、発展してきたものなのかについての、事実認識、着眼点の論者による不一致です。議論は、「身近なところの内側から生じた。」と考える議論と、「身近なところの外側で、身近でないところとの接触から生じた。」と考える議論の二つに分かれるように思われるのです。

「身近なところの外側で、身近でないところとの接触から生じた。」と考える議論の方が、多分一般的に受け入れられやすいものだと思いますので、ここでは逆に、まず、「身近なところの内側から生じた。」と考える議論から説明させていただきます。この議論には、マックス・ウェーバーなどによって重用された、「封鎖的家族経済」などと訳される「オイコス」の構造を利用するとイメージしやすくなると思いますので、ここでも「オイコス」を説明のキーワードとして、使わせていただきます。

「オイコス」はもともとギリシャ語で、「家」(いえ)のことを意味していました。「家」を「身近なところ」と考えるわけです。ところで、ギリシャでは、「貨幣」(ノミズマ)が発達しており、「貨幣」は、「オイコス」の外側(ギリシャの場合のポリス)における、財の公正で円滑な分配の媒介の手段として、不可欠のものとされていましたが、「オイコス」の内側では使われていませんでした。「オイコス」の内側の場合、財の分配は、家長が判断して決めていましたので、「貨幣」は必要とされていなかったからです。つまり、「身近なところの内側から生じた。」と考える議論にとって、「貨幣」の存在は、「資本主義」に、絶対必要なものとは考えられていないのです。

「オイコス」は、のちに、ギリシャに存在した「家」という具体性を離れて、「自己充足的な経済圏」を意味する経済史学の専門用語として使われるようになりました。この意味では、封建領主の領土も「オイコス」ですし、「国民経済」も「グローバル経済」との対比という文脈の中では「オイコス」ということになります。

資本主義のルーツを「オイコス」の内側に求める経済理論の典型は、カール・マルクスの「資本主義論」です。マルクスによれば、資本の原始的蓄積は、「農民層の分解」あるいは「中産的生産者層の両極への自己分解」の中で、つまり、当時、社会の内部で、生産活動を担っていた者たちの中で進んでいきました。古い貨幣経済とそれに支えられた古い商業は、マルクスのような立場をとる論者からは、「資本主義」とは無関係のものとされました。こうした「人類の歴史とともに古い」経済制度には、「前期的資本」とか「遠隔地貿易」といったネガティブなレッテルが、貼られました。

ちなみに、マルクスは、商業を蔑視し、商業資本主義とは未発達な社会に寄生する活動でしかないもので、「久しい以前から、資本主義的生産様式に先行し、そして極めて種々に異なる経済的社会構造において見出される、資本の大洪水（旧約聖書にある『洪水伝説』〈創世記、6 洪水〉のことを指しています）以前的諸形態に属する。」（カール・マルクス著、向坂逸郎訳『資本論　第三巻　第二部』747ページ）といったことを繰り返し論じています。こうしたマルクスの発想は、マルクスの「商売人嫌い」、「生産者好き」からきているようです。マルクスは、商業のことを「流通費」として、一種の必要悪として扱っています。この考え方は、決して分かりやすいものではありませんが、マルクスは、商業のことを「この価値を作るのではなくただ価値の形態変化を媒介するだけの労働……。」「この売買担当者……の労働の内容は、……生産の空費に属する。」「いかなる事情のもとでも、このために費やされる時間は、転化された価値には、何物をも付加しない流通費である。」「それは諸価値を、商品形態から貨幣形態に転嫁するに必要な費用である。」と説明しているのです（マルクス、前掲『資本論　第二巻』149～153ページ）。要するに、マルクスは、価格差を利潤の源泉とすること、それを生業とする商業、とりわけ「オイコス」の外側で行われていた投機的商業に、およそ積極的な価値を認めませんでした。

この論点に関する限り、旧来の「政治的ないし投機的な志向を有する『冒険家』資本主義」を「賤民資本主義」とまで言い切ったマックス・ウェーバーの立場は、マルクスとほとんど同じでした（マックス・ウェーバー著、戸田聡訳『宗教社会学論集　第1巻』「プロテスタンティズムの倫理と資本主義の精神」２３４ページ）。アダム・スミス及びスミスに続く古典派の経済学者の場合はどうだったのでしょうか。マルクスは、考え方の本質は同じだったと考えていたようです（カール・マルクス著、大内兵衛・細川嘉六監訳『マルクス・エンゲルス全集　第26巻　第1分冊　剰余価値学説史』48ページ以下）。もっとも、こうした、商業を全否定してしまう経済理論は、19世紀までは通用したものだったのかもしれませんが、現在の資本主義の分析には、物足りないところもあるような気もします。しかしながら、「資本主義」とは何なのかを理解するために、「資本主義」がどうやって生じたものか、を知るためには、欠かせない議論なのだと思います。

一方、「資本主義」を「身近なところの外側で、身近でないところとの接触から生じた。」と考える議論は、資本主義のルーツを「オイコス」の外側に求める経済理論と整理することができます。その代表格は、マルクスによれば、彼が「重農学派以前」と呼んだ経済学者たちということのようです。マルクスは、彼らについて、「……利潤は、純粋に交換から、商品をその価値よりも高く売ることから説明……」しようとするところに根本的な誤りがあると論じています（マルクス、前掲『剰余価値学説史』８ページ）。また、カール・ポランニーは、資本主義のルーツを「オイコス」の外側に求める経済理論をミハエル・ロストフツェフ（『ローマ帝国社会経済史』を主著とするロシア革命直前の世代に属するロシアの学者で、他に『古代における資本主義と国民経済』という著作もあります）に代表させ、資本主義のルーツを「オイコス」の内側に求めるマックス・ウェーバーと対比することによって紹介しました（K・ポランニー著、玉野井芳郎・中野忠共訳『人間の経済　II』４８４ページ）。

この、資本主義のルーツを「オイコス」の外側に求める考え方は、そもそも、こうした問題意識を持つことなく、経済を論じる論者にも大きな影響を与えています。おそらく、ミルトン・フリードマンの展開した「マネタリズム」などが、その頂点に立っているのかと思われます。

8 唯名論と実在論

◆普遍論争は何を問題にしたのか

唯名論と実在論、あるいは、唯名論的なものの見方と実在論的なものの見方の対立は、普遍論争と呼ばれたものであったことは有名ですが、その中身については、ヨーロッパ中世のスコラ哲学に生じた気の迷いぐらいに思っている方の方が多いのではないでしょうか。しかし普遍論争のことをそのように片づけてしまうのは、大きな誤りです。というのも、唯名論と実在論、あるいは、唯名論的なものの見方と実在論的なものの見方は、人類にとって、その初めから終わりまでの全てに通じる「物事のみかた」、「物事の整理のしかた」の本質的な対立の一つであり、しかも、その中でも最も重要なものであると、私は、常々、考え続けてきたからです。ただ、こうした私の考えを説明するのは、簡単なことではなさそうです。そこで、この小文では、常日頃から気になっていながらも、自分自身の言葉だけでは、なかなか考えをまとめきれなかった、この「唯名論」と「実在論」を、専門家の論稿の一部を引用させていただくことで、自分の理解の不十分さを補わせていただきながら、なんとか、まとめてみようと試みました。そして、せっかくですので、「分節」という、関連するカテゴリーについても一瞥し、後半では、応用的なことにも考えを進めてみました。

「普遍論争」そのものについては、山内志朗著、平凡社ライブラリー『普遍論争――近代の源流としての』の20〜22ページの引用で、説明にかえさせていただきます。

「唯名論」と「実在論」は、中世の「スコラ哲学」における最大の論争だった「普遍論争」と呼ばれる論争における二つの対立する、絶対に相いれない立場であって、発端はポルフュリオスの『イサゴーゲー』（アリストテレス、カテゴリー論入門）の一節にあるとされています。そこには次のように書かれています。

例えば、まず第一に類と種に関して、それが客観的に存在するのか、それとも単に虚しい観念としてのみあるのか、また存在するとしても、物体であるのか、非物体的なものであるのか、また［非物体的なものであるならば］離在可能なものなのか、それとも感覚対象の内に、これらに依存しつつ存在するのか、という問題については回避することにする。

ポルフュリオスがここで答えを出さなかったから、中世の哲学者は普遍について議論を重ねたといわれることもあります。そして、中世哲学全体を貫く最も重大な問題は「普遍」の実在性の問題であり、スコラ哲学はそれと共に始まり、それと共に終わった、と述べられたりもします。

この普遍がどう捉えられるかについては、中世哲学において、様々な見解が出され、激しく論議されたものですが、通説によると大きく分けて三つになるとされています。実在論、概念論、唯名論というようにです。

実在論（realism）とは、普遍とはもの（res）であり、実在すると考える立場で、換言すれば、普遍は個物に先立って（ante rem）存在する、と考える立場とされます。……

唯名論（nominalism）は、普遍は実在ではなく、名称（nomen）でしかない、したがって普遍はものの後（post rem）にあるとするものです。個々の人間は触ったり触れたりできますが、普遍としての人間は感覚可能ではなく、触ることも見ることも酒を飲ませることもできません。……

概念論（conceptualism）というのは、実在論と唯名論の中間に来るもので、普遍は個物から独立に、そして個物に先立って存在するものでもなく、ものの内（in re）に存在し、思惟の結果、人間知性の内に概念として存すると考える立場です。……（本稿では、概念論は取り上げません）

このように整理しますと、

「実在論――個物の前（ante rem）」、
「概念論――個物の中（in re）」、
「唯名論――個物の後（post rem）」

という図式を手に入れることができます。

というわけです。高度に抽象的な用語の間に「前」、「後」という日常用語が挟まっており、違和感を感じられるかもしれませんが、これは、人間の認識は、後先、順序、流れ、総じて時間というベクトルから自由になれないものだということが、所与の前提になっていることから生じた、ほかには表現のしようのない言葉遣いだと理解していただければと思います。

◆ソシュールはどう考えたか

こうした「普遍論争」というヨーロッパ中世の伝統を背景として、現代の言語哲学、論理学の分野にも、知の巨人たちが登場します。その中でも、現代の言語学（言語哲学）を語る上で最高の大立者がフェルディナン・ド・ソシュールでした。私にとってソシュールのことを教えてくれた恩人は、丸山圭三郎ですが、ソシュールの「唯名論」への直接的な言及については、フランソワーズ・ガデ著、立川健二訳『ソシュール言語学入門』56ページを引用させていただきます。

言語（ラング）を定義しようと試み、何が言語を構成しているかを問題にすることによって、ソシュールは、なによりも否定的な主張にたどりつく。言語を名称目録（ノマンクラチュール）として考えることはできない、というのだ。言語は、ある事物とそれを指し示す用語（テルム）との絆によっては定義されないのだ。そこでソシュールは、言語を「同数の事物に対応する用語のリスト」……と見なすような言語観に対して最初から反対の立場をとる。そのような言語観では、一揃いのレッテルをつうじて指し示されることを待っている、事物（ないし観念）のストックを想定してしまうことになる。だとすれば、表現すべき概念（事物ないし概念）は言語以前にすでに構成されており、その仲介なしでも考えられるということになってしまう。それにたいして、ソシュールはつぎのような表象を対置している。「それ自体においてとらえると、思考は星雲のようなものであって、そのなかで必然的に画定されているものはひとつもない。あらかじめ確立された観念は存在せず、言語の出現以前には、なにひとつ分明（ディスタンクト）なものはない」……

ソシュールは、「普遍論争」において、非常に明確に「唯名論」の立場に立って、「実在論」を否定していることが分かると思います。

ソシュールの言語哲学の場合、言語の機能を語る際に、非常にしばしば、「分節」という用語が用いられています。「分節」という言葉は、ソシュールによって使用されるようになった時までは、「全体をいくつかの区切りに分けること。また、その区切り。」といった一般的な言葉に過ぎず、取り立てて、哲学的な意味を付されたものではありませんでした。しかし、ソシュールは、この言葉にとても深い意味を持たせ、意識して自らの理論の重要な術語の一つとして使いました。こうして、「分節」という用語は、「差異」という用語と一対になって、「記号学」の出発点としての重要な役割を果たす概念とされることになりました。

この「分節」については、石田英敬著、ちくま学芸文庫『記号論講義』(81ページ以下)を引用させていただきます。

「現代の記号理論の出発点になったのは、ソシュールにおいても……『分節』という考え方でした。『分節(articles)』とは差異によって区切られた単位……をいいます。……分節が示しているのは差異に基づくシステムという原理です。ここで重要なのは、分節は差異に基づく構成単位であ……るということです。」

それまで何の境目もなかったところに、同じ意味、同じ価値を持っているまとまりを選び出し、それ以外のものと区別した場合、同じ意味、同じ価値を持つもののまとまりのことを「分節」といいます。選ぶために用いられる道具は、さしあたり言語をその代表格とする記号ということになります。つまり言語などの記号を使って「分節」が行われる前には、「分節」が行われる対象としての世界には、どこにも意味や価値のまとまりはありません。「分節」という操作の結果として、初めて、「唯名論」に言うところの「名」の対象の範囲が定まることになります。したがって、ソシュールが使用した「分節」というプロセスは、まさに、「唯名論」の分析的説明に他ならないものなのです。

◆後期ウィトゲンシュタインが考えたこと

次に、「普遍論争」に対して、複雑な姿勢を貫いた大言語哲学者ルートヴィヒ・ウィトゲンシュタインについてみてみたいと思います。ウィトゲンシュタインについては、藤本隆志著、講談社学術文庫『ウィトゲンシュタイン』１７４～１７５ページを引用させていただきます。ウィトゲンシュタインには、前期の考え方と後期の考え方の区別があり、前期の考え方は、転向といわれることもあるほどの激烈さで根本的に変更され、後期の考え方を展開させた哲学者でした。

まず、語られるのは「前期ウィトゲンシュタイン」です。

フレーゲやラッセルの「新しい論理学」を学んだ若きウィトゲンシュタインは、一方では像が論理的に許される範囲（論理空間）を厳密に限定しようとして、比較的容易に真理表や命題の一般形式を発見したのですが、しかし、他方ではそのように許容された像の真偽決定問題に逢着し、やや無反省に伝統的な真理の対応説に準拠して、像の特殊例たる「写像Abbild」概念を導入してしまいました。すなわち、言語の経験的有意味性の根拠を事実の写し絵たることに求め、命題の論理形式が、それに対応しているはずの現実の形式と同一であることこそ（つまり、論理的に分析された命題の諸要素が世界内の特定の対象を指示していることこそ）、当の命題の真理性を保証してくれるのだ、と考えてしまったのです。かくしていわゆる「写像理論picture theory」は、のちに「論理的原子論logical atomism」と呼ばれるようになったラッセルの実在論世界解釈とともに、しばらくの間伝統的な対応論を論理的に精緻なものにしたと考えられ、論理実証主義者をはじめとする科学哲学者たちに広く受け容れられたのでした。

ここで「前期ウィトゲンシュタイン」が論じていたのは、「実在論」そのものでした。しかし、「後期ウィトゲンシュタイン」の言語についてのものの考え方は、以下のように、様相が一変します。藤本隆志氏は、その間の事情をこのように説明しています（藤本、前掲書、１７４〜１７５ページ）。

しかし、ウィトゲンシュタインは、『論考』刊行後十年たらずの間に、そのような写像概念が実は空虚な論理学的要請にすぎないこと、言語の有意味性を実在世界との対応関係によって保証することなどできないことに気がつく。後年……かれはワイスマンに向って「『論考』ではわたしは論理分析と直示的説明について不明確だった。わたしは当時、〈言語と現実との結合〉が存在する、と考えていたのである。」と述べ、結局は「旧著の中で書いたことのうちに重大な誤りのあることを認めなくてはならなくなな」ったのである。

ここはとても重要なので、鬼界彰夫の『哲学探究』の全訳に直接あたって確認してみることにします。『哲学探究』の中でも、訳者である鬼界彰夫によって、

「名」と「単純なもの」――『論考』（引用者注：前期ウィトゲンシュタインの主著）形而上学の中心概念の批判的吟味

という「表題」が付された第二章に注目し、同所に訳者鬼界彰夫が付した**冒頭の要約**と、ウィトゲンシュタイン自身の手による本文の**27**節と**59**節を抜粋して引用してみます（ウィトゲンシュタイン著、鬼界彰夫訳『哲学探究』40〜42ページ、69〜70ページ）。

第二章冒頭の要約（この章では、）『論考』の言語観と形而上学の根底に関する徹底的な批判的考察が、その中心に位置する二つの概念の多角的で徹底した吟味を通じて行われる。本章前半では、『論考』の「名」概念についての根源的な批判的考察が行われるとともに、「名」とは何かが考察される。本章後半では、そうした名が表すものとしての『論考』の「対象」という概念に関して、それを「単純なもの」とみることの背後にある『論考』の形而上学に対する根本的な批判的考察が行われる。……

27「我々はいろんなものに名をつけ、そうすることによってそれらについて語れるようになる。それらを指示し、それらについて言及できるようになる。」――まるで名づけるという行為によって、その後我々がすることが決められるかのようではないか？

「ものについて語る」と呼ばれるものがただ一つしかないかのようではないか？　だが現実に我々が文を使って行っているのは、この上なく多様な事柄なのだ。叫び声についてだけ、考えてみよう！　その働きは実に多様なのだ。

　水！

　失せろ！

　ああ！

　助けて！

　いいね！

　違う！

これでもまだ君は、これらの言葉を「対象の名」（引用者注：前期ウィトゲンシュタインの対象〈客観的世界の構成要素〉とそれに付された名との間には、１対１の固定的対応関係があるという言語理論）と呼びたいのか？……そしてそれが本当に意味するのは、「これは何？」と尋ねるように我々は教えられ、訓練されたということであり、――そうした問いに対してその名が与えられる、ということなのだ。……（子供はこのようにして自分の人形に名前をつけ、その後それについて語り、そしてそれに語りかける。……）

59「**名**は実在の**要素**となるもののみを表す。破壊されないもの、あらゆる変化を通じて同じであり続けるもののみを」（引用者注：ここで引用されている言説は、前期ウィトゲンシュタインの理論で、以下で批判されることになる）――だがそれはいったい何なのか？――……自分たちが使いたいと思うある特定の像（引用者注：前期ウィトゲンシュタインが理論の中心に据えた「写像理論」に言うところの「像」のことを意味している）を表現していたのだ。なぜそれを像と呼ぶかと言えば、それらの要素は経験が僕たちに示すものではないからだ。……我々はまた、変化する（壊れる）全体と、他方で変化しないままの構成部分を見る。こうした材料から我々は、実在についてのあの像を作り上げるのだ。

このように、後期のウィトゲンシュタインは、明らかに「実在論」を捨てました。もっとも、後期のウィトゲンシュタインは、言語に対する視座を「人は言語を使って何をしたいのか。」、「人にとって言語にはどんな利用価値があるのか。」というところに置きましたが、こうした言語は何のためにあるのかについての価値判断は、普遍論争の論客たちすべてが共有していた言語観とは異なっています。そこで、後期のウィトゲンシュタインは、「実在論」を捨てたからといって「唯名論」の立場に立ったと明言できないところはあります。しかし、普遍論争から導き出された「図式」からすると、後期のウィトゲンシュタインのとった立場は、明らかに「個物の後（post rem）」なので、後期のウィトゲンシュタインの立場は、「唯名論」だったといって間違えではないと思います。

この「転向」を無視して、「前期ウィトゲンシュタイン」だけでウィトゲンシュタインを語ろうとする人もいるようですが、こうした理解は、ウィトゲンシュタインについての正しい理解だとは思えません。ウィトゲンシュタインは、「前期」の理論が誤っていたと気が付いたからこそ、「後期」の理論の中に足を踏み入れたのです。もっと端的に言えば、はじめは、「実在論」が真理だと思っていたが、のちにその考えの過ちに気付き、「実在論」ではないもの、どちらかといえば「唯名論」に近いものこそが真理だと考えを変えたということなのだと思います。

私は、個人的には、「唯名論」の信奉者なのですが、普遍論争、とりわけ実在論と唯名論の対立は、現代社会においても、人間の言語活動を通した、世界とのかかわりや感じ方についての二項対立、人間がおちいりやすい世界とのかかわりについての実感についての二つの典型的な類型だと思っています。そこで、どんな新しい「発想」に接した場合においても、あるいは古くから知られている「発想」の理解を深めようとするときにも、私としては、向かい合うことになった「発想」を、実在論と唯名論の二項対立に対比させることから始めることとしています。そして、この対比は、いつも、物事に接するに際して、座標軸として、有効な機能を発揮してくれる、と私は感じているのです。

実在論と唯名論の二項対立に対比させて、特定の考え方の「発想」を吟味すると、どんなことを知ることができるか、関連した問題に簡単に触れてみようと思います。

◆科学哲学の発想について

科学哲学・論理実証主義、あるいは、一般に科学といわれているものの信奉者は、前期ウィトゲンシュタインを歓喜をもって迎え入れました。前期ウィトゲンシュタインの写像理論は、ウィーン学派と呼ばれる論理実証主義のグループに圧倒的に受け入れられ、現代の科学の哲学的基盤を構築したといわれています。

科学哲学・論理実証主義では、客観的な世界がまず実在していることを疑わない、という、信仰告白から話は始まります。そして、その客観的な世界を知るための仮説が（数学も含めた）言語という道具を使って打ち立てられ、この仮説にエヴィデンスが加わると、仮説は真実に格上げされ、それまで存在していたけれども知ることのできなかった真実が明らかになったとされるということのようです。エヴィデンスは、普遍と個物の「対応」の確認であり、対応が確認できなければ、全ての知的営為は意味をなさないことになってしまうことから、科学哲学は、結果的には、エヴィデンス至上主義といった様相を示すことになっているように思われます。

このように、科学哲学・論理実証主義は、一見すると、閉じた系で、その内部は緻密な構成とされ、どこにも隙がないかのごとくですが、少し考えても、いくつかの例外に思い至ります。例えばそれは以下のようなものです。

①カール・ポパーの反証可能性という議論からすると、どんな科学的命題、あるい

は、科学的カテゴリーも、すべて真実でないかもしれないという可能性を背負わされており、そうした科学的命題や科学的カテゴリーを使っても、そこに形成されうる「分節」は、全て暫定的なものでしかなく、安定的に世界を「分節」していくことは、一切できないということになってしまう（カール・ポパー著、大内義一・森博訳『科学的発見の論理〈上〉』95ページ以下）。

②本来、科学が対象としなければならない事象の中に、統計学という考え方（過去と将来を対比して、両者の関係性を前提として、前者の分析から後者についての何らかの意味のある事柄を見つけ出すことができるという考え方で、カール・ポパーが、『歴史主義の貧困』の中で批判し尽くそうとした発想なのではないかと思っています。）を取り入れないと、説明できないものがある。

③前記②と似たところがあるが、現代の最先端の物理学に不可欠な、確率という考え方も、すんなりと科学に取り入れることは出来ないという議論がある（カール・ポパー著、大内義一・森博訳『科学的発見の論理〈上〉』１８４ページ以下）。

④医学においては、その性質上、エヴィデンスを示すことなどは、およそ考えられないにもかかわらず、明らかに観察される現象について、「学問的説明」の場でも、しばしば、それは、「目的的に進行してきた進化の結果なのだから、肯定し、受け

入れるべきだ。」と進化論でかたづけられてしまう。

こうした、あらさがしをすると、科学も、見方によっては、それほど盤石なものではない、ということが、お判りいただけたでしょうか。

◆陰謀論の思考形態の構造

話題をガラッと変え、以下においては、「普遍論争」の観点から、陰謀論（コンスピラシー・セオリー）を論じてみようと思います。

それはこのようなことになります。アメリカのジャーナリストのマイケル・バーカンによれば、陰謀論は、「何事にも偶然はない。」、「何事も表面とは異なる。」、「何事も結託している。」の三つの原則から成るものだとしています（田中聡、幻冬舎新書『陰謀論の正体！』73ページ）。この場合、「表面とは異なる何か」・「結託している何か」は「個別の偶然ではない事件」に先立って存在しており、「個別の偶然ではない事件」は、「表面とは異なる何か」・「結託している何か」の仕業であると結び付けられることによって、その存在の説明が完結するのです。「個別の偶然ではない事件」に、すぐに、納得感のある「表面でない何か」・「結託している何か」が見つからない場合は、何としても探し出そうとするし、そうしないではいられないのです。極論するなら、それはこじつけでも構いません。

こうした陰謀論の思考形態は、明らかに実在論的な構造を内在しています。ですから、陰謀論が好きな人は、実在論者であることが多いであろうし、唯名論的な傾向の人は、陰謀論に対して違和感を持つことが多いということができるのです。

9 法解釈学を身につけようとした経済学部生の戸惑い

◆経済学部の学部生としての出発

私は、弁護士を始めて40年を越えました。しかし、私は、どこの大学であれ法学部に籍を置いたことはありません。私の経歴は、東大の経済学部を卒業し、大学院経済学研究科の修士課程を一応修了し、形式的に博士課程に1年間籍を置かせてもらい、中退して、そのまま司法研修所に入所し、弁護士になったというものでした。

私は、まだ東大に赴任して2年目の肥前榮一先生のゼミに所属し、西洋経済史とりわけ大塚史学の教えをうけ、マックス・ウェーバーのことも教えてもらいました。私は、マックス・ウェーバーの理論的な枠組みをもっと知りたいと思い、研究者になればよいのだろう、というやや安易な気持ちで大学院に入りました。ここまでは、とりたてて、これといった特色もない人生の歩みだったのですが、ある時、魔がさしたというか、ふと、何か別のことをしてみようという気になりました。その時、中途半端に、司法試験というものがあるということを知ったのが、ある意味、運の尽きで、それまで、全く未知の分野だった法律の試験勉強の道に足を踏み入れることになったのです。

◆司法試験の受験勉強への取りかかり

私は、試験に受かるために、法解釈学を一から学んでいく必要に迫られたのですが、冒頭から、一番目の、それほど深刻ではない、しかし、後になって振り返ってみると失笑ものの失敗をしました。私は、まず、「何かきちんとした書籍を読めば良いのではないか。」と考えました。というのも、受験生から「教科書」などと呼ばれていた民法や商法の「解説書」は、当時の私には、何となく、安っぽい感じがしたからです。そこで私は、現在も名著として定評があると思いますが、当時法律学の専門書としてとても有名だった、我妻榮先生の『近代法における債権の優越的地位』や川島武宜先生の『所有権法の理論』を読むことにし、実際、読むことは読みました。しかし、この読書は、言ってしまえば、時間の無駄でしかなく、試験勉強とは、全く無縁のものでしかありませんでした。無縁であるというより、通読というか読破したとはいうものの、当時の私にとっては、分かるところが分かったにすぎないことを思い知らされただけだったのです。せっかく、苦労して、難しい本を読んだのに、読書の前と後で、自分の法律というものについての内在的な理解に何の変化も生じませんでした。こうした事態に直面して、ようやく私にも「そうか、アカデミックな気分は邪魔なだけなんだ。」「私が、行おうとしているのは試験勉強なのだから、アカデミックな気分は、完全に捨ててかからなければだめなんだ。」という当たり前のことが、腹におちて分かりました。そして、この反省を足掛かりにして、もっと、法解釈学という技術を身につけるような努力をしようと決意を新たにすることができたのです。

こうして、私は、少し遠回りはしましたが、ようやく、「基本書」と呼ばれている、民法なら民法、刑法なら刑法といったそれぞれの法律の体系書を座右に置いて、勉学にいそしむという司法試験の王道にたどりつくことができました。この「基本書」こそ、少し前に、不遜にもアカデミックな専門書と比べて「安っぽい感じがした」などと評した「解説書」でした。しかし、実際に手にして読み進んでいくと、「安っぽい」などと評せるようなしろものでなどないことが、よく分かりました。賢人の手による学問の薫りの高い書籍、それが「基本書」に対して下されるべき正しい評価でした。私は、ようやく、何冊もの「基本書」に取り囲まれ、何冊もの「基本書」の中に飛び込んでいく、といった、試験勉強の外的環境を手に入れることができたのです。

ところが、これでめでたしめでたしだったか、というと、実は、そうではありませんでした。今度は、一番目の失敗より、もっともっと深刻な問題に、突き当たってしまったからです。

新たに、直面することになってしまった問題というのを、四宮和夫先生の『法律学講座双書　民法総則』（このコラムを書いた時点では共同著作者として能見善久先生が加わり第８版となっていますので、以下では、この版でページなどに言及します）を使って、具体的に説明させてもらうと、このようになります。例えば「第４章　私権の変動」の中に「第５節　代理」というひとまとまりの論稿があります。この「第５節　代理」というのは、２９３ページから３４０ページまで48ページにわたって論述がなされているのですが、私は、その内２９３ページから２９８ページまでのわずか５・５ページに書かれた「第１

款 代理の意義と存在理由」は、全部ではないにせよ、おおむね、興味を持って読めました。しかし、298ページから340ページまで42・5ページにかけて続く「第2款 代理権（本人と代理人の関係）」、「第3款 代理行為」、「第4款 無権代理」、「第5款 表見代理」には、全く興味が持てませんでした。その頃、私は、司法試験の予備校にも通い、司法試験の試験勉強をしている仲間を何人も知っていたのですが、様子を見て驚きました。彼らは、「第5節 代理」を読む時に、「第1款 代理の意義と存在理由」には、ほとんど関心をみせず、飛ばし読みして、第2款以降が「世界の全てだ」という雰囲気で、四宮先生の教科書を読み進んでいっているようなのです。第2款以降が法解釈学にとって「本文」だから、そういう読み方を、能率的な読み方だと考えていたのだと、後に知りました。

◆原則例外逆転仮説への逢着

「何なのだろう。今自分が目の前にし、体験させられているのは。多分自分の方が考え方を変えていかなければならないのだろうが、どこに問題があるのか分からない。どこに問題があるのか分からなければ、本当の意味で自分を変えることはできないだろう。これは大変なことになった。」と、当時、私なりに悩みました。そんな日々を送る中で、ある日、得心がいった答えが、ひらめいてきました。それは、次のような仮説でした。

①経済学を学んだものは、社会全体の本流を捉えることこそが大切なことだと考え、そうした本流をモデル化して説明しようとする。この場合、モデルに合致しないものは、例外として切り捨て、その存在には関心を持たない。
②法律学を学んだものは、社会に大量現象として生起している、言ってみれば、健全な部分には関心を持たず、関心は、もっぱら、健全な部分から逸脱した、いわば例外に集中する。そして、その関心の対象については、黒に属するのか白に属するのかが区別できて、はじめて「それ」が分かったことになる。
③すると、①と②は、関心の対象が、真逆の関係にあることになる。
④経済学部で育った自分としては、①の感性を持つ人間として育て上げられたが、司法試験の試験勉強に集中するためには、さっさと①の感性を捨て、脳をいったん白紙にして、②の発想に自らの脳を塗り替えなければならない。

今、仮に、前記の①と②を対立させることによって、私に生じた事態を説明しようとする仮説を原則例外逆転仮説と呼ばせていただくとして、四宮先生の「民法総則」に生じた現象は、この原則例外逆転仮説の立場からすれば、「第１款 代理の意義と存在理由」が、「代理」の本流の論述で、①と親和性が強く、「第４款 無権代理」などが、②と親和性の強い、「代理」の例外的事象、病理的事象をどう整序するかについての論述だという説明になります。まだ、頭が①だった私には、第1款は興味が湧き、またある程度理解ができても、②そのもののような第4款などの第2款以降には興味を持つこと自体が困難なことだったということになります。このような症状の原因について、原則例外逆転仮説は、私にとって納得感のある説明となり、当時の私の違和感も、私にとっては、解消することができたわけです。

この原則例外逆転仮説を他の方々にご理解いただくのは、もともと①の感性をお持ちの方に対しても、もともと②の感性をお持ちの方に対しても、容易なことではないかもしれません。そこで、私は、この仮説を説明しなければならなくなってしまった時、川の断面のイメージを、比喩として、使わせてもらったことがあります。それは、このようなものです。

原則例外逆転仮説では、岸や川底との摩擦もほとんどなく、大量の水が凄いスピードで流れている川の中心的な部分のあたりの水の流れの流速や流量などの観察や分析あるいは制御が経済学の対象ということになります。これに対して、水のよどんだ岸辺のあたりに着目し、どこまでが川で、どこからが岸かといったことに興味を集中する、あるいは、川底の苔に注目し、苔は川に属するのか、川底という陸地の末端に属するものなのかといったことについて興味をもって論じる、というのが、法律学的な関心ということになります。中州があれば、それは陸地なのか、川の中に生じた特異な現象なのか、法律学では、おおいに議論されることでしょう。

原則例外逆転仮説にたどり着いてから後、私に、経済学部出身者であるが故に背負わされるハンディは無くなりました。幸いなことに、それから程なく、試験にも合格しました。そして、現在があることを考えると、この原則例外逆転仮説の啓示は、この仮説が客観的に正しいものなのか否かという問題より、私の人生の、転機の象徴そのものだったと、今でもつくづく考えています。

第3部　アソシエイトとしての初めの4年間

⑩　1980年代の渉外事務所

司法試験に合格し、2年間の司法修習を終えた後、私が最初に所属させてもらったのは、アンダーソン・毛利・ラビノヴィッツ（以下「AMR」といいます）という法律事務所でした。この事務所は、準会員（進駐軍に由来する特殊な日本の法曹資格を有する外国人〈ほとんどの場合アメリカ人〉の弁護士）が設立し、主宰していた渉外事務所でした。もうだいぶ前から、こうした設立、経営形態の法律事務所は絶滅してしまいましたが、当時は、他にも、ブレークモア・三ツ木とか足立・ヘンダーソンなど、いくつも同じような事務所がありました（ネーム・パートナーに、日本人の姓が散見されますが、国籍は、すべてアメリカなどの人たちで、日本人ではありませんでした）。このAMRという事務所は、あえて系譜をたどれば、現在のアンダーソン・毛利・友常法律事務所（以下「AMT」といいます）の前身にあたるともいえるものなのですが、AMTが日本人弁護士560人、非日本人弁護士64人で構成されている巨大な事務所であるのと比べると、当時のＡＭＲは、準会員（特殊資格外国弁護士）２名、日本人パートナー弁護士８名、日本人のアソシエイト弁護士８名、若い非日本人の弁護士８名といった小さな規模の法律事務所でしたので、あまり「連続性」を論じても、意味はないかもしれません。もっとも、この事務所の規模の違いは、もっぱら時代の変化によるもので、私がＡＭＲに入所した頃は、ＡＭＲは、周りからは大事務所と考えられており、そのころ、ＡＭＴのようなサイズの事務所など、皆無でした。

ＡＭＲのクライアントは、ほとんど外国の企業で、「日本でビジネスをするにはどうしたらよいか（Doing Business in Japan）」についての問い合わせがほとんどでした。そこで、私のような日本人のアソシエイト弁護士は、まだ若く、数年間の滞在（若者の武者修行というつもりで日本にやってきて、ＡＭＲに籍を置いていた外国人弁護士（以下「外国人弁護士」といいます）と1対1のタッグを組み、私が日本法やその運用などの調査を行い、メモなどに書き留めた結果を外国人弁護士に伝え、外国人弁護士が、クライアントに渡す手紙などの完成品を作る、といった役割分担で仕事を進めるのというのが、よくある仕事のパターンでした。

11 外国人弁護士との交流

ＡＭＲが事務所として雇い入れる人数の調整をしていたのだと思いますが、日本人のアソシエイトと若手の外国人弁護士の人数は、ほぼ同数でした。執務室は、個室といえば個室だったのですが、アソシエイト弁護士1名と外国人弁護士1名でシェアする二人部屋を原則としていました。もっとも、これは私にとって、良くないことではありませんでした。というのも、ルームメートのところには、入れ代わり立ち代わり他の外国人弁護士が雑談しに来ていたので、ルームメートを通して、多くの外国人弁護士と仲良くできる環境の中にいたからです。

仕事が忙しかったこともあり、それほど頻繁にというわけではありませんでしたが、外国人弁護士4人くらいと連れ立って、まだ「六本木ヒルズ」が建つ前の六本木の飲み屋に繰り出しては、若者らしい喧騒の中で、飲み食いをしましたし、話も弾みました。今の六本木のことはよく知りませんが、当時の六本木という街は、少し裏道に入ると、高名な政治家の娘さんが暴行の被害にあうようなすさんだ雰囲気がある街だった一方で、日本人だけで入店するのがはばかられるような店が何軒もあり、外国人弁護士は、どの店がそうした店かよく知っており、飲みに行ったのはそうした店ばかりでした。

外国人弁護士との交流の中で、とても印象深かったことがありました。それは、西欧人が、「『何か』と自分との心理的距離を縮め、その『何か』を自分にとって居心地の良いものとするために、その『何か』を『自分が選んだものだ。』という位置関係の中に置こうとする。」ということに対するこだわりです。こんなことがありました。ある晩、既婚の外国人弁護士の自宅に、夕食の招待を受け、何人かの外国人弁護士とともに、夕食をご馳走になったことがありました。もてなしを受けた夕食は、心のこもったものでしたが、選択の余地が演出されている、といったものではありませんでした。ところが、驚いたのは、最後に出てきたアフター・ドリンクの「ワゴン」でした。「ワゴン」を押して部屋に入ってきたホストの外国人弁護士が開口一番に口にしたのは、「ここからどれでも、好きなものを選んで飲んでほしい。」というものでした。運ばれてきた「ワゴン」は、そのサイズからしても、同席者の数からしても、ふるまわれた食事とは、明らかに釣り合いのとれない大掛かりなものでした。しかし、私は、どうしてこのような事態が、目の前に展開しているのか、なんとなくわかるような気がしました。それは、西欧人の気持ちの根底にしみこんでいる、「『自分が選んだ』というプロセスを踏襲してもらえるような演出をしたい。

なぜなら、このプロセスを通過してもらったものでなければ、『目の前のものとの距離感』、『確かに自分はこのものと関係性を切り結んだという実感』を保つことができないから。」という心情が「ワゴン」という形をとって目の前にあるのだろうという推測です。この推測は、多分当たっていると思います。

私は、AMRに4年間籍を置かせてもらったのですが、弁護士としての仕事ばかりでなく、こういった「ワゴン」の実体験のようなことも含めて、いろいろなことを学ばせてもらえた貴重な毎日でした。

⑫タイムチャージのジョーク

AMRのクライアントに対する弁護士費用の請求は、ほぼ例外なく、タイムチャージによるものでした。クライアントへの請求書の作成と送付は、もっぱらパートナー弁護士の仕事で、アソシエイト弁護士の出る幕ではなかったので、私は、AMRのクライアントに対するタイムチャージについて、経験に基づく知識を持ち合わせているわけではありません。しかし私は、期せずして、あるハプニングに立ち会うことになりました。このハプニングは、考えようによってはテレビのバラエティー番組の一幕のようなものだったのですが、私にしてみれば、その場こそが、まさに、つくづく、タイムチャージというものを思い知らされた恰好の場となりました。

日本人でもほとんどの人がその名を知っているといってもいいような、ＡＭＲのクライアントの中でも優良顧客に数え上げられる、アメリカの有名な大企業の法務部のジェネラルカウンセル（法務部長兼法務担当役員）が、本社の法務部員と日本支社の法務部員あわせて6人ぐらいを従えて、ＡＭＲを訪問し、大きな会議をすることになりました。ＡＭＲの側からも、大ボスを筆頭に、同じくらいの人数の弁護士が列席しました。会議の場に同席するということは、その弁護士が、会議に意味のある参加をしたかどうかにかかわらず、タイムチャージの一部にカウントされます。私もこのクライアント会社の、とりわけ日本支社の仕事にかかわっていたので、その会議で予定されていたテーマに直接かかわってはいなかったのですが、その場に呼ばれました。ジェネラルカウンセルと大ボスは、アメリカの有名なロースクールの学友だったということで、個人的にも親しい間柄なのだという人もいました。「ショー」が始まったのは、これから会議が始まろうというまさにその時でした。大ボスが、少し長めの、あまり面白くない小話をしたのです。これに対して、クライアントのジェネラルカウンセルは、その会議に同席していた10名以上の出席者を一渡り見渡したのち、「今のジョークは、本当に高いジョークでしたね。」と苦笑いしながら語ったのです。ジェネラルカウンセルがかもし出していた雰囲気からして、何か特別な悪気があるとも思えませんでした。しかし、こうしたやり取りを身近に体験して、私は、タイムチャージというものの本質が、腹に落ちて分かった気がしました。

13 問われた時の答え方

司法修習生の時、英語学校に行ったことがあります。そこは、学習者のレベルに合わせて6くらいのクラスが用意されており、新入生は、最初に、どのレベルのクラスに入れたらよいか決めるためのインタビューを受けることになっていました。インタビューは当然インタビュアーの質問から始まります。それは、例えば「あなたはバラが好きですか。」というようなものでした。これに対して、私は、「自分にとって、バラは、西洋の園芸文化のシンボルのように思われるものだ。自分は西洋を尊敬している。だから、その中で、たくさんのバリエーションを育んできたバラのことを、自分はリスペクトしており、当然好きだ。」というふうに、答えました。自分としては、少しでも「雄弁」に答え、好印象を得ようとしたのでした。こんなやり取りが、３～４回続いた後、インタビュアーは、困惑した表情で、「あなたのように、インタビューを受ける立場にいるひとは、まず、投げかけられた質問に、ＹＥＳかＮＯかで答え、何か補足したいことがあるなら、その後で、簡潔に説明を付加するべきです。理想を言うなら、補足説明は、インタビュアーの関連する質問、例えば『それはなぜですか。』といったものを待ってからするようにする方がよいのではないでしょうか。」と、たしなめられました。この瞬間にすべてが理解できたわけではなかったのですが、私にとってこのやり取りは、忘れられないものになりました。国会中継などをみていると、そもそも、投げかけられた質問に、ＹＥＳかＮＯかで答えるというやり取りは、日本人には苦手なもののようです。私は、それに輪をかけて、「遠回しに話をする癖」があったので、反省し、それがふさわしい場面では、ＹＥＳかＮＯかで答えることに、意識して努めています。

投げかけられた質問には、ＹＥＳかＮＯかで答えるべきだ、という考え方は、質問自体がＹＥＳかＮＯかで答えられないものである場合には、質問されたことだけに答えるべきだという考え方に連なるというのが普通の考え方だと思います。この、質問されたことだけに答えるべきだという考え方は、対話において、問いかけをしてきた相手に対する尊重を意味するわけですから、大切なことは言うまでもないことです。しかしながら、私は、とりわけ弁護士としての私に投げかけられた質問については、この質問されたことだけに答えるべきだという考え方だけではプロとしての応答にならないことがあるのではないかと、いつも肝に銘じています。それは、こんなことがあったからです。

あるAMRのパートナーから、「クライアントから、質問のメモが届いたので、答えを用意するように」と指示されました。私は、「クライアントが作ってきたメモだ。」といわれてメモを渡されました。そのメモには、質問と、質問の背景を形成する事実が書き込まれていました。私は、丹念に事実と質問の関係といったことにも注意しながら、メモを読み込みました、そして、私には、徐々に、問題の全体像が見えてきたような気がしてきました。同時に、クライアントが知りたいことは本当は何なのか、についても、見当がついてきたのです。そして、そうした全体像からすると、クライアントは、一生懸命「質問」を組み立てたのかもしれませんが、「質問」自体を組み替えたほうが、結果が良いし、話が早いと判断しました。

私は、そうした方針にしたがって「少し詳しい回答のメモ」を作成し、パートナーに手渡しました。私は、「ほめてもらえるかもしれないかな。」ぐらいの気分だったのですが、これに対するパートナーの反応は、全く予想外のものでした。彼は烈火のごとく怒りました。私は、「質問されたことにだけ答えればいいのだ。質問されてもいないことを論じるのは、およそ、余計なことだ。」と叱りつけられたのです。

私は、このパートナーの叱責に、到底承服できませんでした。私はこの出来事があってから、弁護士として顧客から話を聞くことになったときは、「顧客は、必ずしも自分が抱えている問題を客観的に、正しく把握しているとは限らない。だからこそ顧客から十分な事実関係を聞き出し、何が顧客のためになることなのかを可能な限り一緒に考え、そうしたプロセスの結果を顧客と共有するとともに、顧客の持つ問題の解決に、生かしていかなければならない。」という問題意識をもって顧客に接するように気を付けています。

⑭ 複合一貫輸送の報告書の迷走

１９７０年代以降１９９０年代半ばまでは、日米貿易摩擦の時代でしたので、アメリカは、日本に対して、市場の開放を迫り、日本には貿易不均衡をもたらす構造的な障壁があるので、それを取り除かなければならないと、ことあるごとに、日本に迫ってきていました。当時、そうした構造的障壁の一つとして、複合一貫輸送が取り上げられていました。複合一貫輸送というのは、米国のトラック輸送、船舶の輸送（あるいは飛行機の輸送）、日本のトラック輸送を同一の米国なら米国の輸送業者が一気通貫的に行うという輸送モデルのことで、IMMTO（Inter Model Multiple Transformation Organization）と呼ばれていました。当時、日本では、米国の貨物は、米国の業者が宛先である日本の戸口まで送り届けることが禁じられていたのです。

そうした日米貿易摩擦の解決のために1995年に設立されたのがWTOという仕組みでしたが、WTOができても、日本の複合一貫輸送に対する規制が撤廃されることはありませんでした。

そうした社会情勢を背景として、ある日、AMRに、フライング・タイガー・ライン社というペンタゴン系として知られていた国際航空貨物会社から、仕事の依頼がありました。それは、「日本では、どうして米国の航空貨物会社が複合一貫輸送をしようとしてもできないのか、その理由を調査してほしい。」というものでした。

私が、この件を担当するようにと指示を受けました。私は、いつも行っている案件の一つとしてこの件を受けました。私は、「調査」といっても、ややとりつくしまもなかったので、「何かヒントになることを教えてもらえるかもしれない。」といった軽い気持ちで、通産省を訪問し、若手のキャリア官僚に「そのわけを教えてもらえないか。」と尋ねてみました。するとこの官僚は、「交易の自由化を定めたOECD Codeには、末尾に、列挙された特定の事項については、加盟国が例外を定めてもよい、という例外措置許容条項が付されており、列挙された事項の中に、『国防にかかわることは例外としてよい』という条項がある。日本では、『複合一貫輸送』は『国防』にかかわることと位置づけている。だから、自由化の対象から外されているのだ。」と説明してくれました。

私は、この件で共同作業をすることになっていた外国人の若手弁護士に通産省の若手官僚から聞いたことを説明し、彼が「報告書」を作成し、パートナー弁護士が、その「報告書」をフライング・タイガー・ライン社に渡して、この件は、事務所的には区切りがつき、案件としては終了しました。

しかし、アメリカでは、次元の異なる事態が始まることになってしまったようでした。

ここからは、聞いた話で、資料などを直に確かめたわけではないのですが、ＡＭＲから渡された「報告書」は、ペンタゴン系の会社であるフライング・タイガー・ライン社の手で、アメリカの高名な大学の高名な教授に渡されたそうです。その高名な大学の高名な教授は、ご自分で調査した結果だといった触れ込みで、「報告書」の内容を、センセーショナルにアメリカの政治家やアメリカの人々に伝えて回ったということです。米国の議会でも証言したということでした。ここまでくれば、多分、『複合一貫輸送』をOECD Codeの例外とするスタンスは、維持できなくなったのだろうと思います。

この顛末は、ＡＭＲの弁護士全員にも知れ渡りました。一緒に仕事をした外国人（このケースでは米国人でした）の若手弁護士はどことなく誇らしげだったことを今でもよく覚えています。しかしながら、私にしてみれば、良い気分でいられるはずもなく、私の質問に答えてくれた通産省の若手のキャリア官僚に対しては、倫理的な負い目を感じざるを得ませんでした。

のちに、フライング・タイガー・ライン社という会社は、第二次世界大戦に参戦した「義勇軍」が母体となって設立された航空貨物会社で、朝鮮戦争の時やベトナム戦争の時には、特需で業績が良かったけれど、1970年代の半ばにベトナム戦争が終わると、徐々に勢いを失い、1980年代の終わりの頃には消滅してしまった会社だと知りました。日米貿易摩擦というのは、こんな会社が活躍する場だったのかと、あらためて思い知らされ、複雑な気分が、なお一層強まりました。

15 フィルム・ファイナンスの日本への導入

タックス・ディファーラル（Tax Deferral）という節税手法があります。ある年度に、とても儲かった個人や会社が、何らかの理由で減価償却の期間を特別に早めることが認められている償却資産を購入し、減価償却を行うことでその年度の課税対象所得にかかる税金の支払いを圧縮させ、その償却資産の購入に要した資金は、あえて名前を付ければプロフィット・ディファーラルとでもいうのでしょうか、翌年以降にその償却資産が稼ぎ出す売り上げによる回収を目指すという節税方法のことを言います。よく使われた償却資産は、映画の著作権やオイルリグと呼ばれる石油掘削（試掘）に使われる機械で、もう少し規模を小さいものにした場合、ヘリコプターなども利用されました。もっとも、日本では、伝統的に「節税」に対するアレルギーが強く、タックス・ディファーラルという節税手法を広めようという日本人は、それまで現れてはきませんでした。

そんな中で、ハリウッドの映画製作の資金提供者として、ニューヨークで活躍していたイギリス人が、日本で、ハリウッドの映画製作に投資するための資金を集めたいと、AMRにクライアントとしてやってきました。このクライアントは、米国をはじめ、いくつかの国で、「フィルム・ファイナンス（Film Finance）」という映画の著作権という償却資産に着目したタックス・ディファーラルの手法で、資金集めをしていた人でした。当時は、日本の映画の著作権にも、8カ月といった極端に短い「特別償却」の期間が認められていましたので、「フィルム・ファイナンス」は、タックス・ディファーラルの中でも、節税のインパクトが大きいものでした。もっとも、その裏腹のようなことになるのですが、「フィルム・ファイナンス」の場合、翌年以降に生ずる利益、即ち、上映料や放映料あるいは二次的利用の対価などに確実性を見込めないという大きな欠点がありました。そうはいっても、購入する映画に対しては、大ヒットすればいうことはありませんが、ある程度ヒットすることは、投資家から当然期待されます。こうしたニーズに対して、来日してきたクライアントは、一つのディールあたり「3本」の映画の「著作権」の購入をセットにしていました。数学的根拠は分かりませんが、何でも、コストパフォーマンスは、「3本」

が最高なのだそうです。１本や２本では、ヒットする確率が低すぎる一方、３本を４本や５本に増やしても、追加される資金の割には、ヒットする確率はあまり大きくならないということでした。もちろん、「フィルム・ファイナンス」の主催者は、投資の対象とする映画の選別の達人（翌年以降に利益が生ずる映画かどうかの目利き）としての評判も得ていなければならず、やってきたクライアントはそういう意味でも優れた実績と見識を有しているとの評価を受けている人だ、ということでした。

この、「フィルム・ファイナンス」というスキームは、日本への初導入だったので、「パス・スルー課税」や「倒産隔壁」などの論点との関わりで、集めた資金をプールする器の法形式について、民法上の組合や匿名組合の性格を多方面から検討し、何とか実務に耐えるパッケージに作りあげました。その１年後くらいだったでしょうか、このパッケージは、ある、アメリカの著名な銀行の日本支店の法務担当者に、そっくりそのまま、デッド・コピーされました。いい気分のものではありませんが、どこにも手が入れられていなかったので、真似をされたスキーム自体の出来は良かったということになるのかもしれません。

しばらくすると、映画の特別償却の制度もなくなってしまい、「フィルム・ファイナンス」は、その存立基盤を失ってしまうのですが、その前に、クライアントは、日本の様々な人や会社にこのスキームの営業をして回ったとのことでした。しかし、この「フィルム・ファイナンス」というタックス・ディファーラルのスキームは、日本社会のエスタブリッシュメント層には見向きもされず、興味を持って集まってきたのは、首をかしげたくなるような人たちばかりだったということでした。多分、デッド・コピーをしたアメリカの著名な銀行の営業成績も似たようなものかそれ以下だったと思います。「フィルム・ファイナンス」は、日本社会には、受け入れられませんでした。

しかし、タックス・ディファーラルというスキームがすべて拒絶されたというわけではなかったようです。日本にも「航空機のリース」というタックス・ディファーラルのスキームは社会に根を下ろし、現在も続いています。「フィルム・ファイナンス」と比べると、この「航空機のリース」というタックス・ディファーラルは、特定の年の節税のインパクトより、二次的利用の対価に対する確実性の方が大きいという性質を有しています。あるいは、こうした性質が、日本という国に適合的なのかもしれません。

第4部　弁護士として独り立ちして

⑯ 後になって役に立った示談代行の経験

ＡＭＲを退所して、私は、仕事を自分で見つけてこなければならないという現実に直面することになりました。これは、たやすいことではなかったのですが、私にもできた仕事のひとつに、交通事故の被害者側との折衝を、かたち的には加害者を依頼者としつつ、実質的な依頼者を損害保険会社として、行うというものでした。これは、「示談代行」と呼ばれる制度で、古くからあったものではありませんが、昭和49年から認可され、私が関与するようになった昭和60年代には、どの自動車損害保険にも付帯されるようになったサービスでした。もちろん、交通事故のような事件そのものにも、それなりの深みがあり、経験を積めば、それなりにてきぱきとこなせるようにはなるものなのですが、何件体験を重ねてみたところで、事件の社会的な広がりや多様性について醍醐味を感じるといった味わいのあるものではありません。当時、ある大手損保は、「仕事は、ある程度若い弁護士、ある程度の経験年数の弁護士にしか回さない。」と公言してはばかりませんでした。「使いやすい」というのが、こうした法源の根拠にあったものだったとのことでした。「こんなことだけをやっていてよいのだろうか。」不安がいつも胸をよぎっていました。

しかし、交通事故の被害者、つまり事件の相手方は、好んで事故にあったわけではなく、巻き込まれてしまった方々でしたので、年齢も、性別も、職業も、あらゆる点において本当に多種多様でした。貧富の差も歴然でしたし、外国人もいれば、当時、まだ「やくざ」と呼ばれていた人たちもいました。そういった巻き込まれた人たちの、いわば、確率的多様性に加えて、さらに話を複雑にしてしまうことがありました。それは、「示談介入」という交渉方法の存在です。「示談代行」は加害者の代理人として弁護士が行う正当な業務なのですが、「示談介入」というのは、被害者から依頼を受けた代理人と称して、「やくざ」などが、非合法的に示談交渉に体をねじ入れてくることを言います。「取り半」などという言葉に表されているように、「やくざ」に一種の金の取り立てである「示談介入」を頼んだところで、その被害者に経済的メリットはあるはずがないのですが、そういうことが横行する時代だったのかと思います。このようにして、私は、「示談代行」という仕事を続けていくことによって、交通事故の被害者側という社会を構成しているさまざまな種類の方々との折衝の仕方を体で覚えるとともに、後に「反社会的勢力」と呼ばれるようになった人々を含むバラエティーに富んだいろいろな人々を相手にして交渉事をするという得がたい体験をすることだけはできました。

「示談代行」が、主たる業務だったという期間も、いつの間にか過去のものとなり、私の取り扱う弁護士業務も、その頃よりは多岐にわたるようになってきました。そして、私も多くの方々のおかげで、上場・未上場を問わず、多くの企業の顧問弁護士をさせてもらえるようになりました。私の仕事の中に、所謂企業法務が加わることになりました。しかし、企業の顧問弁護士がしなければならない企業法務は、それに携わる前に考えていたものより、かなり間口の広いものでした。そして、企業の規模が大きくなると、依頼される案件と所謂企業法務と一般に思われている業務との乖離が、大きくなることがありました。

それはこういうことでした。大きな企業の法務部の法務部員の中には、たとえば、アメリカのロースクールなどに留学した経験をお持ちの方もおいでになります。また、そういった特筆すべき経験をお持ちでない法務部員も、優秀で、最先端のリーガルプラクティスに精通している方々が多くおいでになります。ですから、所謂企業法務というものについては、必ずしも、私の関与が必要とされていたとまでいうことはできないこともしばしばだったわけです。しかしながら、そうした大きな企業の法務部の法務部員にしてみても、企業内の法務部の仕事の研鑽は重ねられても、あるいは、企業、場合によっては企業グループの中での根回しや交渉事の経験は積まれたとしても、企業の外部にいる、企業とは異質の人や組織との折衝については、経験をお持ちになる機会はほとんどないようでした。これに対して、私は、「示談代行」で相手を選ぶことのできない交通事故の被害者側や「示談介入」してくる反社との折衝の経験を、それなりに、たくさん積んでいました。それに加えて、私は、顧問先の企業の社内事情についてもある程度承知をしています。そこで、そうした、企業の外部の人、組織との間のトラブル案件が発生すると、私に依頼が回ってくるということも少なくありませんでした。

私が、こうした、典型的なものからするとやや異質の企業法務を自分の業務とすることができたのは、「示談代行」という業務を若いころ数多くこなしたことの結果です。「示談代行」については、それしかできなかった当時は、不安や不満の対象でしかなかったのですが、世の中、何が幸いするかわからない、ということなのかと思います。

17 保険金詐欺に対抗する手続きの創設に携わって

昭和63（１９８８）年10月に火災事故が発生したのですが、この火災事故に対して保険会社は放火の疑いが強いと判断し、保険金の支払いを拒絶しました。火災保険の保険金を巡って争いが生じ、当時「社会運動等標榜ゴロ」と呼ばれていた一派が介入してきました。彼らは、保険会社の本社の社内に、映画の撮影カメラのような、今では考えられないくらい大げさなものまで持ち込んで、居座ったりといったこともしてきました。しかし、保険会社は、こうしたことに動じませんでした。私も、早い時期からこの事件に関与し、保険会社の支払い拒絶をサポートしていたところ、この事案は、結局、平成２（１９９０）年に大阪地裁に提訴されることになりました。

こうした、保険事故のような偶然の事故を装って、故意の事故をでっち上げ、損害保険金を詐取しようとすることを、モラル・リスクといいます。今では、モラル・リスクに対抗する手段として訴訟を選択することは、さして珍しい方法ではなくなりましたが、この大阪地裁の訴訟は、そうしたモラル・リスクに対する訴訟対応のリーディング・ケースの一つでした。幸運だったのは、訴訟の中途で原告（放火をして保険会社から火災保険金の支払いを受けようとした張本人）が全く別の詐欺の刑事事件を起こし、有罪の実刑判決が下されたことです。そのために、原告が収監されている刑務所の所内で、原告本人尋問をするという「めったにできない」体験ができたこともありますが、その「別の詐欺事件」の刑事一件記録が入手できたことが、望外の幸運でした。刑事記録のどこが一番重要か、理解できずに、全部を民事の裁判所に出したのですが、裁判官は、ある捜査報告書に添付されていた「原告の時期別負債状況の推移」という書面を、判決書に添付までして重視しました。私は、このような裁判官の証拠の評価の仕方を目の当たりにして、「借金（もう少し広く言うとすれば、問題を起こした時の、当人の経済状況）を『詐欺の故意』を推認するための間接事実として重視する」という発想を、学ばせてもらいました。

この事件は、「故意の事故招致」までは認定してもらえなかったものの、平成6年10月11日に、「損害の不実申告」で勝訴し、原告との関係では地裁で確定しました（『判例時報』平成7年4月1日号、№.１５８、１１７ページ以下、『判例タイムズ』平成7年2月15日号、№.８６４、２５２ページ）。

18 ＦＢＩの囮捜査への立ち会い

ある日、「上席の役員の一人が、Ｅメールを脅しの道具にして、ハワイ在住の男に恐喝されているので何とかしてほしい。」という依頼が、顧問先から来ました。脅しのネタは、脅されている本人にとっても会社にとってもかなり深刻なものだったので、放置するという選択肢はありませんでした。脅されている役員と会社は利益相反関係にあるので、役員の代理人に先輩の弁護士をお願いし、私は会社の代理人という布陣を張りました。ここまでは、順調に進んだのですが、次に何をしたら良いのか、相手がハワイにいるだけに皆目見当がつかず、困惑するばかりでした。

何もしないでじっとしているよりは、体を動かした方がマシだろうくらいの考えで、何の見通しもなかったのですが、とにかくハワイに行くことにしました。「脅しのネタを知り得る人物は誰々しかいない。」というロジックから、犯人が誰かの見当はついていたので、現地に着くと、犯人の家を外から見るなど、無意味なことをいくつかしてはみたのですが、もちろん何の役にも立ちませんでした。そこで、日系人の弁護士にチームに加わってもらい、対策について意見交換をし、結局、「ダメもとでも。」というつもりでハワイの

ＦＢＩを訪問することになりました。

生まれてはじめて、ＦＢＩのオフィスに案内されました。「正式に事件を受理しなくても、ＦＢＩを名乗って電話をかけることくらいできるが、それで良いか？」「いや、そのような安易なことをお願いしに来たつもりではない。」といった、捜査の要請に対する本気度というか「単に利用しようとしているだけか否か。」を見きわめるためのやり取りがひとしきり行われました。こうしたやり取りについては、日本の警察に何かをお願いし、動いていただく時のコツの一つとして心得ており、何度も体験してきたことでしたので、それなりにこなしていったところ、「それでは、事件として捜査しよう。」という、確約をＦＢＩから受けることができました。

それから後は、2〜3カ月くらいだったでしょうか、ひとしきり、脅されている被害者と犯人とのＥメールのやり取りが続き、ＦＢＩからは、被害者が、犯人に宛てて日本から送るＥメールの文言についての指示などが送られてきました。どうやら犯人の要求する金額が当初それほど高くなく、重罪（フェロニー）に届いていなかったので、脅しの金額がせり上がっていくようにメールで誘導するのが目的のようでした。そして、要求金額も目論見通りの水準以上にせり上がった頃、「そろそろハワイに来い。」という指示が伝えられ、空振りになってしまった訪問も1回あったのですが、2回目の訪問で、ついに、現金の受け渡しの約束をとりつけることに成功しました。早朝の広い公園の中にいくつも点在するベンチのある小丘の内の一つが、現金の受け渡しの場所とされました。現金は、持ち合わせがないというと、ＦＢＩが、全部が本物の札束を手提げ袋に入れて用意してくれました。小丘を取り囲むようにして、男女を問わず膚の色も問わず、20人くらいがまちまちの服装でジョギングしながらまわっていたのですが、彼らは皆ＦＢＩのエージェントでした。犯人が登場し、恐喝されている被害者から紙の手提げ袋を受け取った瞬間、ジョギングしていた20人くらいのＦＢＩのエージェントは、全員小丘に駆け上がり、一瞬「しまった。」という表情になった犯人は逮捕されました。犯人は当然有罪となり、本土の刑務所に収監され、恐喝事件は解決しました。

この事案は、結果的には大成功に終わりましたが、日本人が被害者の犯罪なのに、どうしてＦＢＩが囮捜査までして逮捕してくれたのか、今でもその理由は謎のままです。ことの顛末を知る人の中には、「ＦＢＩは、日本のことをアメリカの51番目の州、即ち独立した国家ではないと勘違いしたから、あそこまで捜査をしてくれたんだ。」などという人もいました。それはともかく、この事件は、犯人がハワイ州在住、被害者がハワイ州非在住という州際性があることに加えて、距離の離れた犯人と被害者を結んでいたのが当時一般化し始めていた「Ｅメール」だったことが、ＦＢＩの関心を引いた、ということだったのだと思います。

とは言うものの、ハワイには、何の見通しもなく行ってみた、というだけなのに、日本には、目的をはたして帰ることができました。本来の意味からは離れますが、「虚往実帰」の充実感そのもののような案件でした。

第5部　「要件事実」についての随想

⑲「要件事実」論と概念法学

◆要件事実重視のトレンド

私が司法研修所に在籍していた１９８１年ころ、10人いた民事裁判の教官の内、口を開くと「要件事実」の話になることで有名な教官は一人だけしかおいでになりませんでした。当時、このユニークな教官は、ほとんどすべての修習生から奇人変人として敬して遠ざけられていました。この時代は、立証責任論論争の末期だったはずですので、まだ「要件事実」が関心の中心となる時代には入っていなかったのだと思います。事実、日本の要件事実論の隆盛にとって記念碑的な著書というべき司法研修所民事裁判教官室編『民事訴訟における要件事実　第一巻』は、第１版第１刷が１９８５年８月15日に発行されています。また、１９８６年７月15日に西神田編集室から刊行された『要件事実の証明責任　債権総論』の「はしがき」で倉田卓次先生は「ローゼンベルクの『証明責任論』を訳しながら、わが民法の教科書の叙述に要件事実的感覚が少ないのに気付いて驚き、要件ごとに証明責任を明示した本があったら、と夢想した……」と述懐しておられます。こうしたことからもお分かりいただけるように、私は「要件事実」について特別な教育を受けた世代ではありません。ですから、お世辞にも「要件事実」という事実を法律に効果的に結びつけるための方法論を自由に使いこなすスキルを持っているなどとは言えませんし、はっきり言ってものすごく不得意です。もっとも、私も、弁護士を生業としている以上、「要件事実」は、今日の裁判実務では、避けて通ることのできない素養の一つですので、好んでそうしているというわけではありませんが、日々それなりの努力を積み重ねて精進しているつもりではいます。確かに「要件事実」を意識して事案、とくに原被告双方の主張の整理をすると、夾雑物をふるいにかけることができるせいか、それまではっきりしなかったことが見えてくるという実感を持ったことも何度となくありました。

このように、錯綜した事実を整理して呈示するときなどにはとても便利な「要件事実」ではあるのですが、「度が過ぎた使われ方」をされるようになると、様々な弊害が目立つようになってくるように私には思われます。そのような、弊害はどうやら避けられないもののようなのですが、避けられない理由は何なのだろうと戸惑うようになりました。そんな中でふと頭をよぎったのが、「もしかしたら、『概念法学』との、いささか時代遅れの蜜月こそが、『要件事実』に内在している問題の根源に横たわっているものなのかもしれない。」ということでした。

◆自由法論という考え方の再確認

「概念法学　Begriffsjurisprudenz」と「自由法論　Freirechtslehre」の二つの考え方、それだけを呈示して「法律の解釈の方法論としてどちらの立場に立つか。」という問いを発したとすれば、現代の法律家の中に、「概念法学」とストレートに答える人は、まずいないと思います。ほとんどすべての人が、若干のためらいは見せるかもしれませんが、「自由法論」と答えるでしょう。「概念法学」は、「成文法万能主義」をとり、「制定されている法律は、論理的に完全で欠陥がないから、適切な論理操作がなされれば、あらゆる問題について解決にたどり着くことができる」という信念（法秩序の論理的自足性 logische Geschlossenheit der Rechtsordnung というのだそうです）のことをいうわけですが、人間が作った法律には、立法者が想定していなかった事態に対処するための規範は書き込まれていないのですから、このような制定法の不完全性（「法律の欠缺 Lücken im Recht」という用語で表現します。法に内在するこうした構造は、エールリッヒによって重視され、その存在が強調されました。例えば『法社会学の基礎理論』〈河上倫逸他訳、みすず書房、１９８４年5月10日刊〉４１９～４２１ページを参照）を正面から認めたうえで、司法を信頼して、裁判官の自由な「法創造」に委ねることによってこれを補おうというのが「自由法論」です。こうした自由法論の考え方を象徴的に具体化したものとして有名なのが、「この法律に規定がないときは裁判官は慣習法に従い、慣習法もないときには自己が立法者であったならば法規として制定するであろうところに従って裁判すべきものとする。」という『スイス民法典』第1条第2項の条文です（ここで論じた問題は、本当は、もっと複雑なようです。団藤重光『法学の基礎』〈第2版〉２００７年5月10日刊、２４７ページ以下、とりわけ、「概念法学」については３０５ページ以下、「自由法論」については３０８ページ以下を参照してみてください）。

◆要件事実の度を越した重用

一方、最近の裁判所が極端なまでに重用している「要件事実」は、「この裁判規範としての」制定法「の要件に該当する具体的事実」（伊藤滋夫『新版要件事実の基礎』有斐閣、２０１５年6月25日刊、３ページ）と定義されています。ということは、制定法が存在するところに、初めて「要件事実」が存在しうることになるし、逆に言えば制定法がなければ、「要件事実」も存在しえないということになるわけです。しかし、「民事判決における判断は、……いろいろな要件事実の存否についての判断を組み合わせて行われるものである」（伊藤、前掲書、13ページ）とされていることから、「要件事実」はすべてを網羅していることがアプリオリに前提とされていること、言葉を変えていえば「法の欠缺」の存在が無視されている、あるいは、法には欠缺など存在しようがないという公理が初めからドグマとしてまつりあげられていることがわかります。というのも、この「民事判決における判断」の伊藤先生の説明は、判断できない場合があること（あるいは、自由な裁判官によるスイス民法典第１条第２項に基づく判断以外に判断のしようがない場合があるということ）の存在を全く視野に入れていないからです。すると、このことは、とりもなおさず、その基礎をなしている「制定法」がすべてを網羅していることを意味せざるを得ないということになるでしょう。「制定法」についてのこのような発想は「概念法学」そのものです。

何が問題なのかは今や明らかかと思います。「要件事実」で「制定法」を説明し尽くそうという理論（以下「要件事実万能論」といいます）は、制定法が不完全なものなのだという、「自由法論」が到達した真理から、目をそらそうとします。こうなってしまうと、

「要件事実」は、便利なものから有害なものに変質してしまうしかありません。要件事実万能論を信奉する法律家は、「法は完全無欠のものではない。だから物事の真の姿を見ようとするときには、時として制定法や要件事実の用語法や体系から離れなければならないこともある。」という、私にしてみれば当たり前の真理を認めるという発想が欠如しているため、現実から遊離したり、現実から目を背けてしまったり、現実を見る目が深まらなかったりしてしまうような気がするのです。考えてみれば、こうした問題意識は、「自由法論」が「概念法学」に対して持った問題意識と同じものです。「時代の歯車が逆転しているのだろうか。」私は、時に、そんな暗い気分に陥ることがあります。

20 「混合契約」に支えられた「要件事実万能論」

◆要件事実による生きた契約の説明

「要件事実」だけで、世界が説明し尽くせるといったこの「要件事実万能論」という考え方は、生きた「契約」を理解するのが極端に苦手なのではないか、そんな印象を私は持っています。というのも、「契約」というものの中には、もちろん、非常に定型的で、変化に対して保守的なものもありますが、近代社会が掲げる標語の一つに「契約自由の原則」

があることを引き合いに出すまでもなく、一つひとつの契約にはその契約に独自の工夫が施されていることも多く、契約当事者間の利害状況を調整しようという努力の跡がにじみ出ているものも少なくないからです。また、場合によっては、そうした努力が実を結んで、全く新しい類型の「契約」が作り出されることもあり、その中には、その後、多くの人たちに使われるようになったものもありました。こうした生きた「契約」に対して、「要件事実」が持っているカードは、民法という制定法の中心の中に列記された「典型契約」だけです。制定法の中には、さまざまな特別法もあり、それぞれの特別法が、その立法理由に応じて、それまで野放しにされていた新規の「契約」に様々な制約を課したり、新たな機能を付与したりしているのですが、「要件事実万能論」の制定法に対する視座は、基本法の「契約」を解釈したり組み合わせたりして応用することが中心で、どちらかというと、こうした、特別法の中で具体化された「契約」の組み立てには、関心がないような印象が感じられます。「典型契約」と一応は言えそうなもののその中に含まれている制定法の文言からはみ出した約定や「非典型契約」の中の約定は、一般の法律家ならだれでも行う「反対解釈」などといった解釈技法の範囲を超えると、どう考えても「法律の欠缺」でしか説明できない領域に入り込んでしまうはずなのですが、「要件事実万能論」は、そうは考えません。「要件事実万能論」は、「概念法学」と同義であり、「制定法万能主義」を、そして、そうした考え方と裏腹の「『法律の欠缺』の不存在」を信念としているので、「典型契約」をはみ出す「契約」のバリエーションに対して、「典型契約」が用意することができる法律用語（要件事実）で説明し尽くそうとしますし、し尽くせると考えているのです。

これは想像に難くないことではありますが、「制定法万能主義」に立脚した「要件事実万能論」の立場に立つ法律家は、世の中で取り交わされたどんな契約についても、典型契約を当てはめることだけで説明し尽くすことが可能だし、もしそこからはみ出す何かがあったとしても、それは「法」という秩序だった世界の外に位置する異物に過ぎないと考えているとしか思えません。ある契約に比較的近い典型契約があったとしましょう。こういう場合「制定法万能主義（概念法学の立場）」に立脚した「要件事実万能論」の立場に立つ法律家は、しばしば、その契約の中に含まれている契約の当事者が苦心して作り上げた条項、別の言い方をすればその契約の個性的な部分を、夾雑物とでもみなしているのでしょうか、無視する傾向が非常に高いような印象を受けるのです。

もっとも、「非典型契約」の中には、1個の「典型契約」をモディファイすることによって説明をし尽くすのでは不十分で、複数の「典型契約」を持ち出さないと、契約の全体像の説明が十分にできない場合もあります。「制定法万能主義」に立脚した「要件事実万能論」の立場に立つ法律家は、こうした契約のことを「混合契約」と呼んで複数の「典型契約」の束のように説明する立場をとることが多いようです。しかも、何個の「典型契約」でもよいので、これらを組み合わせるために「混合契約」という手法を使えば、この世の中のすべての契約を説明し尽くすことができるというのが「制定法万能主義」に立脚した「要件事実万能論」の立場に立つ法律家の確信のように思われます。

◆要件事実万能論における準委任契約の機能

こうした見解は、しかし、「要件事実万能論」の立場に立つ法律家の、根拠のない思い込みだけに支えられているわけではないようです。というのも、そうした、私には「詭弁」としか思えない、このような考え方にもそれを支えるからくりが周到に用意されているからです。そうしたからくりの中で最も「いかがなものか」と思ってしまうのが、「準委任契約」という「典型契約」の恣意的濫用です。「準委任契約」という「典型契約」は、民法第６５６条にその制定法上の痕跡が示唆されていますが、そこには実質的内容など何もない場合がほとんどです。そこで、この「準委任契約」は、あえて名付けるとすれば「不得要領典型契約」とでも呼ぶべきものだと思います。この「不得要領典型契約」は、何にでもどこにでもいつでも使えるものなので、「混合契約」の説明に際して、適切な「典型契約」が見つからない時その隙間を埋めるのに最適な「典型契約」の1種として、重宝がられ、多用されているわけです。もっとも、この「準委任契約」という「典型契約」は、中身が何もない空虚なものなので、何かの契約について「それは、何々の『典型契約』と『準委任契約』が組み合わされた『混合契約』だ。」といったところでその契約について何の理解が深まるわけでもないこともまた言うまでもありません。結局のところ、「準委任契約」という要領を得ない契約（以下「不得要領典型契約」といいます）で、隙間を埋めることによって作り上げられた「要件事実万能論」の世界は、「あらゆる契約は、『典型契約』か、いくつかの『典型契約』の組み合わせでその全体が説明できる。」という「要件事実万能論」にもとづく「制定法万能主義」主張に具体的な形を与えるという目的を実現するために行われているというだけのものに過ぎず、「準委任契約」という典型契約は、この目的の実現のためには、すこぶる便利な道具であるとはいうものの、空虚としか言いようのないものだということができると思います。

21 「フランチャイズ契約」の「要件事実」による説明

◆要件事実を使ったフランチャイズ契約の分析

既存の「契約」を「要件事実万能論」に立脚し「混合契約」という便宜的道具を駆使して分析すると、その分析の結果が、まるで別異の「契約」に変身して再構築されてしまうことがあります。というよりそうなってしまうことの方が常態であるという気がします。たまたま、ある法律実務家がお書きになった「フランチャイズ契約」についての論述を拝見する機会がありましたので（金井高志『フランチャイズ契約裁判例の理論分析』判例タイムズ社、2005年4月8日刊、14ページ）、このことを確認させていただくという意味も含めて、引用させていただくことにします。それはこのようなものでした。

「ビジネス・フォーマット型フランチャイズにおけるフランチャイズ契約の法的性質としては、①フランチャイジーが商標（サービスマークを含む）及びノウハウのライセンスを受けるという点では賃貸借的要素がある。その他、②フランチャイジーはフランチャイザーにより指定された一定の商品の販売およびサービスの提供を契約により義務付けられているという点でフランチャイザーを委任者と考えうる準委任的要素が認められ、また、③フランチャイザーはフランチャイジーに対して使用許諾（ライセンス）をするノウハウについて継続的に改良・開発する義務を負い、その改良・開発されたノウハウを継続的に提供する義務を負い、またその改良・開発されたノウハウをフランチャイジーに伝達するために、フランチャイジー及びその従業員の訓練等を行うなどの経営に必要な指導・援助をすることが義務付けられるという点では、フランチャイジーを委任者と考えうる準委任的要素がある。そして、④付随的な要素として、フランチャイジーがフランチャイザーから継続的に一定の商品や材料を購入するという点では、継続的売買の要素がある。したがって、フランチャイズ契約は、典型契約を基礎に考えると賃貸借的要素および準委任的要素を中心として、付随的に継続的売買の要素を含む継続的双務契約たる混合契約であると考えられる。」

このフランチャイズ契約の説明は、現在の代表的な「要件事実万能論」の大御所である加藤新太郎先生からも、

「著者（金井先生）のフランチャイズ契約の要素に関する整理は、適切だと思いますね。」（ブックレビュー『判例タイムズ』No.1176、117ページ）

と評されており、55期（２００２年10月司法修習終了）の若手の判事補が中心になってまとめられた「フランチャイズ契約関係訴訟について」という論考（『判例タイムズ』No.１１６２、33ページ）の中でも無媒介にそのままそっくり引用されていることからして、「制定法万能主義」に立脚した「要件事実万能論」の立場に立つ法律家の間では「定説」として扱われているものと考えて間違いないようです。このことは、「非典型契約」を意識して積極的に取り上げようという方針のもとに編纂されている『講座　現代の契約法各論２』（編集代表内田貴、門口正人、青林書院、２０１９年４月７日刊、３８８ページ、原悦子、西向美由、中林憲一執筆）の中でも、フランチャイズ契約の法的性質について、前掲の金井先生の説明が小塚荘一郎先生の説と同格に、あるいは見ようによっては小塚説を凌駕するかのような扱いで、紹介されていることからも知ることができます。

◆要件事実による説明の短所

しかし、私には、金井先生のフランチャイズ契約の定義に積極的な意味を見出すことはできません。一言でいうならば、金井先生の説に接しても、ほんの少しもフランチャイズ契約に対する理解が深まらないと思われるからです。金井先生の説については、決定的な短所を、もっと具体的に、形式面と内容面についてそれぞれ一つずつ挙げることができます。

形式面の決定的な短所は、金井先生の場合も「準委任」という「不得要領典型契約」が縦横無尽に使用されていることにあります。金井先生のフランチャイズ契約の説明の中では、フランチャイザーが委任者の「準委任」とフランチャイジーが委任者の「準委任」が、両者の関係について何の説明もなしに並列して語られています。後半でなされている要約の中では、フランチャイザーとフランチャイジーというフランチャイズ契約の対立する二当事者の権利・義務のベクトルが正反対の方角を向いている二つの「準委任」が、同一の構成要素として区別もされていません。これでは、フランチャイズ契約の内容や構造の理解は少しも深まりようがありません。こんな無謀な芸当ができるのは、一にも二にも「準委任」という典型契約が無色透明で、しかも、無味無臭だからであり、一言で言ってしまえば、無内容だからです。

内容面の決定的な短所は、フランチャイズ契約にとって最も重要な「フランチャイジーの営むビジネス」とそこから得られた利益に連動する「ロイヤルティ」への言及がどこにも見当たらないことです。この沈黙には理由があります。というのも、フランチャイズ契約の場合、金井先生の説の①と②と③は一体のものなのであり、区分して論じること自体が誤っているからです。この①と②と③は、「フランチャイズ・パッケージ」の構成要素です。そして、この「フランチャイズ・パッケージ」のフランチャイジーによる商業的な利用が「フランチャイジーの営むビジネス」であり、また、「フランチャイズ・パッケージ」のフランチャイジーによる利用許諾の「対価」としてフランチャイジーからフランチャイザーに支払われるのが、「ロイヤルティ」に他ならないのです。一見すると、①と②はフランチャイザーが権利者なのに、③はフランチャイザーが義務者のように見えるかもしれませんが、③は「フランチャイズ・パッケージ」の継続的な利用に不可欠な、フランチャイザーによる「フランチャイズ・パッケージ」についてのアフターサービスやメインテナンスやバージョンアップなどなのであり、「フランチャイズ・パッケージ」の他の要素と切り離すことのできない、不可分な一部なのです。金井先生の説は、「フランチャイズ・パッケージ」の持つこのような不可分一体性がその視野から全く外れており、だからこそ、「フランチャイズ・パッケージ」の持つこのような不可分一体性が全く見えない構造になっており、「フランチャイズ・パッケージ」のバラバラにされた要素は、「準委任」を二個使うなどして無秩序に並列されているので、「フランチャイジーの営むビジネス」や「ロイヤルティ」が入り込む隙間がなくなってしまったのです。

◆フランチャイズ契約の正しい説明

フランチャイズ契約は、正しくは、どのようなものとして説明されるべきものなのかについて、最後に少しだけ、言及します。それは、小塚先生のビジネス・フォーマット型フランチャイズにおけるフランチャイズ契約の定義（小塚荘一郎『フランチャイズ契約論』有斐閣、２００６年8月30日刊、45ページ）で、以下のようなものです。

「フランチャイザーがフランチャイジーに対して、『フランチャイズ・パッケージ』の利用を認めるとともにその使用を義務づけること

フランチャイジーは『フランチャイズ・パッケージ』の利用に対して対価を支払う義務を負うこと

（フランチャイジーによる顧客との：筆者加筆）商品・サービスの取引を目的とした契約であること

フランチャイジーは自己の名義および計算においてこの取引を行なうものであること

『フランチャイズ・パッケージ』の内容として、

(a)　共通の標識および統一的な外観の使用

(b)　フランチャイザーからフランチャイジーに対するノウハウの付与

(c)　フランチャイザーによるフランチャイジーの経営の継続的な支援が規定されていること」

これこそがビジネス・フォーマット型フランチャイズ契約の正しい定義というか説明です。私は、この中のどこにも「典型契約の用語の切れ端」など見当たらないことに、よくよく注意をしなければいけないと思います。

22　変化を直視できない要件事実

◆時の経過とともにカビが酷くなってきたマンションの一室

購入したての時は、売主によって直前に行われたリフォームのせいで新築のようにきれいな部屋だったのに、入居して日もたたないうちに、カビがどんどんひどくなり、ついには天井の一部が劣化で崩落してしまった、というマンションの一室の買主から相談を受け、購入契約の詐欺による取り消しの訴訟に踏み切ったことがあります。その訴訟では、争点整理の手続きの席上で、詐欺の要件である欺罔行為について、裁判官から「本件の欺罔行為は『その部屋の不具合の隠蔽』だという主張のようだが、隠蔽しようとした不具合とは『購入契約のころにその部屋に生えていたカビの存在』と理解してよいか。」という釈明がありました。私は、「そのような要約では十分だとは言えない。『その時そこに生えていたカビ』そのものではなく、『徐々にその範囲を広く深くし、ついには天井や壁の部材を劣化させ、天井の一部崩落までをも招来してしまったようなカビの存在』こそが、この部屋の売主が隠蔽しようとしたこの部屋の不具合である。売主がリフォームで隠蔽しようとしたこの部屋の不具合というのは、そのときついていた壁の汚れやシミの醜い外見と同じような意味で、そのとき生えていた『カビ』の醜い外見というような表面的なものではない。」と反論しました。ところが、この反論は、裁判官には、まるで理解してもらえませんでした。裁判官からは、かえって、「今行っているのは、欺罔行為という要件事実を本件に当てはめるために必要な事実関係の整理なのであって、端的に言えば、欺罔行為の対象の主要事実は何かということだ。間接事実や事情については主張してもらう機会を別に設けるから、この場では、主要事実に議論を集中してもらいたい。」とたしなめられてしまいました。しかし私は納得できたわけではなかったので、「カビ、といっても、もっとダイナミックに理解しないといけない。カビは時間軸の中で変化していくものなのだし、変化にも、広がりや深さ、そして速度などにさまざまな種類のものがある。裁判官が言うようにスタティックにカビをとらえても、本件の欺罔行為の全体像は理解できない。それ以上広がる可能性のない壁のシミなら、その存在を隠したところで欺罔行為という詐欺の中心的な要件に達するほどのレベルのダマシになどならない。増殖の結果今ここにあり、これから先も異常なテンポで広がっていくことが容易に予想できるようなカビを隠蔽しようとしたからこそ、その隠蔽が持つ行為の性格が、『欺罔行為』と評価されてしかるべき深刻なレベルのものとなったのだ。」と一応は食い下がってみました。しかしながら、それ以上反論してもくどくなるだけだという思いもあったので、その場での発言は、そこまでで差し控えました。

◆潜勢態という概念から見えてきたこと

これに類した経験、つまり、裁判官が、ことさら、のっぺりとした、平板で、潤いに欠ける言葉を好み、結果として事案の持つ「個性」への肉迫の障碍となってしまっているのではと思われるような場面には、何度も遭遇したことがあります。しかも、短絡的にそのまま結論まで出そうとするので、頭を抱えたことも何度もありました。そんなとき私が裁判官に対して、実際はそこまでのことはしないのですが、思わず口に出してしまいたくなるのが、「物事というのは、時間軸の中で変貌をとげていくものなのだから、『今どうか』

ということも大切だが、『今のこの状態は変化していくかもしれない』、『どう変化していくのだろう』ということも念頭に置いた柔軟な見方をしていかなければ理解できないものなのではないか。」という不満の言葉です。とは言うものの、こうした事態に「動的に（ダイナミックに）」、「静的に（スタティックに）」という言い方をくり返してばかりいるうちに、なんとなく底が浅いというか、「ちょっと違うんじゃないかな。」というような気がするようになってきました。「どういう言葉が、この場合適切なのだろう。」などと考えていたとき、ふと頭に浮かんできたのが若いころ聞きかじったことのある「潜勢態」という言葉でした。そして、この「潜勢態」というアリストテレスの哲学で使われている用語にたどり着いて、私はようやく、直面している事態の全体像が見えてきたように思えてきたのです。

「潜勢態」というのは、アリストテレスの哲学のもっとも本質的な概念の一つである「運動変化」の重要な下位概念の一つです。テキストの性格から、引用が困難なので、やむを得ず、私に理解できる範囲で、という制約のもとにではありますが、説明を試みてみることにします。

「もの」の本質は「運動変化（キーネーシス）」にあります。その運動変化というプロセスの両極端に「別の在り方への可能性をいまだ発現させていない『可能態（デュナミス、【潜勢態】と訳されることもある言葉です）』」という状態と、「そのものの在り方を発現しきった『終極実現態（エネルゲイア【よく似た概念としてエンテレケイアという哲学用語が区別して使われることもあります】）』」という状態があります。存在しているものの中に秘められている「可能態」の一部が「運動変化」して存在しているものの中で「終極実現態」という状態となり、そのものを構成する部分となります。もっとも、存在しているものの中にあるすべての「可能態」が「運動変化」してしまい、存在しているものが「終極実現態」だけからなるものになり、その存在の中から「可能態」がなくなってしまうということは人間社会の中ではありえません。変化して「終極実現態」になるのは、存在しているあるものの中にあった「可能態」の一部でしかありませんから、存在しているものは、「終極実現態」としての側面と「可能態」としての側面をいつも同時に有するし、だからこそ、次の瞬間にも、また、変化が生じるかもしれないとされているのです（アリストテレス：内山勝利訳『新アリストテレス全集　４　自然学』岩波書店、２０１７年11月22日刊、第三巻、第一章、１１６ページ：出隆訳『旧アリストテレス全集　12　形而上学』岩波書店、１９６８

年4月27日刊、第五巻、第十二章、161ページ、同第九巻、第一章、289ページ、同第十一巻、第九章、383ページ)。

稚拙な要約ですが、こうしたアリストテレスの考え方は、まさに、存在するものの本質をつくものであるように私には感じられます。

◆裁判官の発想の問題点

冒頭に書かせていただいた、裁判官の発想に対する違和感は、たぶん裁判官のものに対する見方の中に、「そのものに内在しているデュナミス的側面とエネルゲイア的側面を適切に両睨みしていかなければそのものを本当に分かったことにはならない」という問題意識についての感覚が欠如し、エネルゲイア的側面(既にそのものに形として表れているもの)しか見ようとしないことが大きいのではないかと思っています。問題になった「不具合」に戻るとするなら、「今はカビどころか何の汚れもない真っ白な壁の中にも、明日カビが生えてくる部分がある」という状態のことを「不具合」というのです。

こうしたことが、裁判所という、本来もっとも知的で洗練された空間であるはずのところで、大量現象として「デュナミス（潜勢態）」の無視という事態が展開しているのは、考えてみれば不思議なことです。原因を考えてみたこともありました。当たっているかどうかも不確かですし、上手く説明ができるわけではないのですが、感覚的には「要件事実」をすべてに優先して重視しようという、このところの裁判所の姿勢にその責任の大きな一端があるように思います。その中でも、とりわけ直接に関係がありそうなのは、「要件事実論」の中で強調されている「過剰主張の禁止（不寛容）」あるいは「ミニマムの原則」と呼ばれる考え方なのかもしれません。「過剰主張の禁止」は、要件事実だけでなく、間接事実や事情にも及ぶという「考え方」に接して、私は、自分が一生懸命に作成した、自分としては出来が良いと思われた（事件とその周辺の状況をパースペクティブとしてまとめて呈示できた気がしたということです）準備書面が時として裁判官に煙たがられてしまうのはなぜなのか、その理由の一端が、分かったような気がしました。

しかしこの問題の実相は、もう少し根深いような気もします。というのも、目の前にある「事実」を純粋な「要件事実」に近づけようとすればするほど、多分、「事実」は「静止した記号でしかないもの」に近づいてしまうということなのではないかと思われるからです。これも法的安定性には役に立ちそうな「もの」についての見方の一つには違いないのかもしれませんが、それだけでは一面的に過ぎるでしょう。一面的な見方が強調される中にあっても、常に多面的にものを見ていくことについての意識を忘れないようにしていかないと、法律実務家のものの見方は退化してしまうのではないか、やや大げさですが、そんな危惧の念が、私の頭をよぎりました。

おわりに

当職には、年を追う毎に、高名な論攷の掉尾を飾る一節に対するこだわりの気持ちが強くなってきました。それは、以下のとおりのものです。

「この文化発展の『末人たち（die letzte Menschen)』にとっては、『精神のない専門人、心のない享楽人――この無（dies Nichts）は、人間存在の、かつて決して到達されたことのない段階に登りつめたと、うぬぼれる』という言葉が真理となるかもしれないのだが。」（マックス・ウェーバー著、戸田聡訳『宗教社会学論集　第1巻』「プロテスタンティズムの倫理と資本主義の精神」２６４ページ）

極めて抽象的な「予言」ですが、現在の社会全体を見渡した場合、市場原理主義を信奉する人々やファンド資本主義につかりきった人々を筆頭にして、この一節は、確かに今を生きる多くの人々にあてはまるかもしれないもののように思われます。「末人たち」については、基本的には、資本主義社会の中で経済的に成功した「勝者」と呼ばれることもある大金持ちのことを本来意味するものなのでしょうが、スマートフォンでＳＮＳに熱中している若者が無関係かと問われれば、そうでもないような気もします。しかし、この論攷がはじめて世に出たのは１９０５年のことでした。当時のウェーバーが、市場原理主義やファンド資本主義を、あるいはスマートフォンのことを具体的に知っていたはずはありません。では、ウェーバーは、具体的にどんな人物像を念頭において、この一節を書いたのか、このことが、私にとって、昔から気になる謎でした。というのも、このことが分かると、「無自覚に毎日を過ごしていると、はまってしまうかもしれないこの罠から抜け出すためには、どうすればよいのか。」という問いに、答えが出せるかもしれないと考えたからです。

弁護士は、あるいはもっと広く、裁判官や検察官も加えた法曹は、こんな「末人」になってはならない責務があるのだろうと思います。しかし、現代という時代に生きていることとそれ自体からして、よほど注意していないと、何時「末人」の末席を汚すようなことになってしまうかもしれません。こういった問題意識は、年々歳々強まってきました。ですから、冒頭のこだわりは、このところ、一段と強くなってきたのです。私としては、簡単にあきらめてしまったり、気を弛めてしまったりといったことのないようにと意を用いながら、日々、仕事にいそしんでいます。

羽鳥　修平（はとり　しゅうへい）

1953年生まれ、1976年東京大学経済学部卒業、1978年東京大学大学院経済学研究科修士課程修了、1979年司法試験合格、1980年東京大学大学院経済学研究科博士課程中退、1982年弁護士登録。

折にふれて

ふとしたことから思わず身構えてしまったことまで

2024年7月11日　初版第1刷発行

著　者　羽鳥修平
発行者　中田典昭
発行所　東京図書出版
発行発売　株式会社 リフレ出版
〒112-0001　東京都文京区白山 5-4-1-2F
電話 (03)6772-7906　FAX 0120-41-8080
印　刷　株式会社 ブレイン

ISBN978-4-86641-766-0 C0095
Printed in Japan 2024